人生若只如初見

徐磊瑄 著

推薦序／生命中的遇合

文／林淑貞（國立中興大學中文系教授，
專業領域為中國詩詞、寓言、敘事文學。）

一、獨上高樓，望斷天涯路

誰是與你在燈火闌珊處乍然四目相視的人？
誰是「滿堂兮美人，忽獨與余兮目成」的那個人？
誰是不早一步，不晚一步，恰好投影在你波心的人？
誰是在月下踽踽獨行，遽然一句「喔！你也在這兒」的人？
在萬紫千紅的世塵裡、在潮來潮往的世流中，偶然地相遇，成就人世情緣，得之我幸，不得我命。

女媧摶土造人，誰是你尋尋覓覓的人呢？
幾米繪本中有一個畫面令人難忘。踽踽獨行於索漠人世中，希望有人在地鐵出口處等你姍姍然出現。

人生如行旅，誰能與你相遇相識？誰是那位等候你出場的人？期盼有人等候你的到來，是一種殷切卻又如許幽微孤寂不足與外人道，那種「紅樓隔雨相望遠」的孤絕，竟是如此惘惘，如此悠悠難平。生命中等候情緣到來的心境，頗有「昨夜西風凋碧樹，獨上高樓，望斷天涯路」的況味。

等待生命中應該出現的那個人，當他出現時，又當如何呢？是否「為伊消得人憔悴」？是否能夠共同迎向更美好的未來呢？

婚戀故事太多了。無論圍城內外，剴切點撥時下年輕人的心思。選擇不婚的人，總是有很多的理由：對的時間遇不到對的人；大環境不佳，經濟負擔太重；不想生養孩子，讓自己過度操勞；不敢面對婆媳相處問題；事業心太重，蹉跎青春；還有一種是「曾經滄海難為水」的人，林林總總，刻畫出不婚、恐婚者的心態。另外一種是，茫然不知道想要追求什麼？只好順著生命的軌道前進，為了結婚而結婚。

無論未婚或已婚，鐫刻世緣流轉。

二、只有相思無盡處

全文十四話，像是十四幕的故事帷幕起落，在幕起幕落之間，我們都是劇中人，只是替換成各色人等的角色扮演，誰是最初最好的？全文以易歆仁為視角，分別展演閨蜜四段及自己一段追憶往事的情愁。這些故事似乎就是流轉在你我週遭，時時上演著，紅男綠女深沉的愛情。

四段閨蜜的婚戀是四個類型。

〈許諾〉，敘寫姝嫚與韓士德，因為參加女方婚宴與回男方家二事，顯示二人皆堅持自我不肯妥協，暴露個性我執與無法溝通協調。當初的「許諾」皆成鏡中花、水中月、風中塵，不可捉摸，也終將隨風流散。

〈飛蛾〉，摹寫映如與杜可唯，男方因開廣告公司、咖啡店生發的挫折感與女方擔任櫃姐的高薪，形成女高男低的態勢。拗不過的男性尊嚴，讓婚姻坎陷。猶如飛蛾撲火的婚姻關係，是地獄滅絕抑是浴火重生？基調定為「飛蛾」勢必剛烈慘絕。

〈藕斷〉，敘寫蕭旖旎因言歡出國留學，嫁給初戀江颯英，然而江颯英對妻子的前任陰影與用錢觀念差異，婚姻出現裂縫未能彌補，再加上言歡歸來與旖旎舊情復燃，讓婚姻陷入不可迴轉地步。面對丈夫以女兒要脅，旖旎卻再孕前任男友言歡，形成環中環似乎不可解套。藕斷絲連，著實是一個剪不斷，理還亂的情緣。

第四段〈圍城〉，焦承鈞與潘朵雅又是另一組故事。焦承鈞遊戲人間的不婚主義，將潘朵雅當成愛情虛空填充品，因為公務一趟上海之行而與余安軒開展一段情愛糾葛，到底焦承鈞是陷進圍城或是突圍而出呢？

視角是從易歆仁入手，以他者淡然觀審閨蜜故事，由她的眼中看到了閨蜜們各自流轉在愛情與婚姻中，似乎得不到幸福，人生宛如一個個缺口與罅縫無法補足。而自己的故事似乎又是另一個不圓滿的缺口，蕭時男的猝逝，讓易歆仁跌入無盡的思念之中。

〈悼情〉、〈往昔〉、〈回憶〉皆是緬懷、眷戀美好的過往。〈離告〉敘寫與蕭時男的天堂奇遇，讓易歆仁活死人的狀態重回人間。然而，物是人非的悵觸、昔是今非的悲感，讓每一個場景的移動，皆指向不可抹滅的美好過去，京星茶飲，士林逛街，淡水小遊，充塞了回憶的畫面，走不出的情網，更讓自己陷入深沉的過往情事之中。如何排解這種漫慢的椎心之痛？追憶，寫日記，情人節的感念，皆是曾經，也是過往。

唯是寂寞孤獨刻蝕入裡，每一寸的場景，每一回的憶念，每一次故地重回的物是人非感觸，皆如陌上飛花，既壯麗又淒美。

最後一幕，是人生不可避免的選擇題，站在歧路時，你是那隻迷路的羔羊？還是已經有了萬全準備，勇敢地迎向冥漠未知的前程？

人生最難的是選擇，似是無窮迴路。縱使明明德再現，她也毅然揹著背包離去，是曾經滄海難為水嗎？

很多事情如果遲到了，便會失去美好的機會。人世情緣，偏偏就是不早一步，不晚一步。不能遲到與早退。

三、便縱有千種風情，更與何人說

全書畫面感十足，採用戲劇手法，以除夕團圓飯桌為方圓，話說閨蜜們之間的故事，四段故事結束之後再回到飯桌上，虛／實、今／昔、人／我之間的跳接，一個接一個故事，是以旁觀者的立場凝視，也以涉入的方式進出其中。寫得最深刻的是易歆仁的故事，其實是自己生命故事的投射。

除夕夜團圓飯與家人對話，展演四段閨密的故事，本應是團圓美滿人生，卻是各有缺罅的躅躇，反差的逆寫，是人生不可迴避的課題。

全書反覆出現陳勢安〈敗將〉的歌曲，成為全書的基調，象徵在婚戀過程中的每一位紅男綠女皆是愛情的俘虜，也是婚姻的敗將。

李清照的〈聲聲慢〉，將幽冥兩隔的心境刻鏤如版畫。複現的情緣，是李清照的，也是易歆仁的，不辨古今，同體演出共同戲碼。黃鶯鶯的〈葬心〉、柳永的〈雨霖鈴〉，冷落清秋節的曉風殘月裡，縱有千種風情，又能與誰言說呢？

詩，是追緬的元素，既是開端，亦是結尾。荒塚墓碑的意象，是前世也是今生的眷戀，神魂俱銷的當下，該如何擎住悸動的心？而思念的盡頭是什麼？也許思念永無盡頭，恆飄浮在天宇地宙之中搖蕩著未肯離去的心魂相守。

流行歌曲〈敗將〉，不斷重複的迴旋曲，讓全篇故事有了定調，是小說，也是戲劇。張力十足的婚戀故事，寫盡男女在紅塵之中翻飛打滾，沒有人能脫逃逸離而出，也似乎以不可迴逆之姿定調成「人生若只如初見」的美好。在這個世網之中，誰能衝決羅網？可遇不可求的人生情緣，唯願知遇最初的美好，也唯願留住最美的當初。然而，幸福非唾手可得，如何才能留往那份最美的初心？

四、何事秋風悲畫扇

每一個人的生命都是故事，都有不為人道的故事。東坡悼亡詞：「十年生死兩茫茫，不思量自難忘」，納蘭性德的「人生若只如初見」都是刻骨銘心的故事。

每一段情緣皆是難得的緣份與陪伴。相識相知，因為我執太深而忘記磨合。磨合是調整彼此的步伐，不是妥協，不是委曲讓步，而是溝通協調到平衡的狀態。沒有最好的，只有最適合的。

生命不會定格。歲月會流轉，人世會變遷，沒有永恆不變的事，只能說希望留駐初心以及初相識的美好。如果一切美好值得留存，就放下我執，放下一切可以羈束的世塵框架。

相較於描寫閨蜜每一段遇合情緣，皆是輕若微風飄過，往往形成你的「重」，你不能承負的「重」，在別人看來，不過是風流雲散般的「輕」，不過是小小的一滴水滴，滴入無垠的時光大海中，只能是匯入，最後如春夢了無痕跡。

於是，意義是被個人定義的，唯有活自己才能從流轉的時光中找到相應的意義。

流光，依舊流轉。逝去的，不可逆迴，只能好好往前進，人生不會定格，生命的故事也將一直流衍下去，不會停止。

過去，終將成為陌上塵，成為往事。傷逝之情，縱然在目，也只能幽幽地放過了。在天長地久之外，只能說一聲，曾經愛過就是圓滿的人生了。再往前跨步時，才能更勇敢不遲疑、不躑躇的前進。

人生若只如初見，何事秋風悲畫扇。

人生不會定格，歲月會流轉，人世會變遷，而初衷不變，仍然願意停留在最初的悸動之中，如果每段婚戀皆能如斯。四目相視，是最美的邂逅也是生命印象的定格。

五、我寫故我在

認識磊瑄多年，她是位水靈透亮的人，纖細敏銳而多情多感。曾對我說，在大學時期已經完成了百萬字的小說，令我驚詫與歡喜。也曾在繪本文學課堂上繳交一份令人椎心的繪本，她的筆觸，無論是文字或是繪畫的線條，就是那麼令人悵然，從此讓我走進了她幽深的心靈世界。

書寫，是她存在的意義，也是成就的使命，不僅寫小說，還有電視劇本。《流金年華》的網路愛情；「心情左岸」的部落格，以及網路上介紹她是：散文、小品、小說、戲劇的創作者，書寫的內容是兩性、心靈、職場的故事為主。

然而，這麼一位聰慧靈秀的女子，豈能被這些文類或內容限制呢？她就是真實認真的人，如實地將自己或週遭人物遇合的生命故事，一個個寫下來，這些因情而感發的故事，是都會女子的心情流宕。

她是一位真性情的人，和她在一起就是一種坦蕩蕩的愉悅。課堂上瞥見她靈秀的雙眸，專注而自在，而她的穿衣品味，又是另外一種風景。在青青子衿之中，顯得慧心巧具。

生命中的知遇，是緣，是份，也是情。這些年來，看著她不斷地追求自己的夢想，書寫不同的生命故事，是成長，也是生活。讓我更加珍惜擁有一杯咖啡的對談時光，珍惜每一次聚會的舒坦。

人生，是為書寫而來，我在，故我寫；我寫，故我在。這是我們共同的語言。雖然，我們書寫方向不盡相同，卻一樣將書寫當成療癒的藥石，也將書寫當成存在的意義。

當生命流轉如迴風飄飛時，看見哀感頑艷，因為書寫。

目　次
CONTENTS

人物簡介

1．易歆仁：

35歲，茶飲公司行銷企劃。與蕭時男有過一段深刻又美好的戀情，在時男意外驟世以後，她歷經傷慟折磨，痛楚不已。數年後雖走出情人驟世的傷痛，但對於情感的要求則更為嚴謹，絕不願為愛而愛，為婚而婚。

2．蕭時男：

37歲，為歆仁男友。意外心臟病發驟逝，卻因深愛歆仁，擔心她會支撐不住，是以魂魄不捨離去，執著地守候在她身旁，照看著她的生活。

3．唐姝嫚：

35歲，是歆仁的閨蜜。外貌出眾，極具歌舞才華。活潑外向，善於社交，喜愛出國旅行。是歆仁的閨蜜，同樣是在茶飲公司上班，擔任部門秘書。

4．韓士德：

37歲，是公司單位課長，擁有調茶師證照，在茶飲方面十分有才，知識可謂非常豐富。因公與姝嫚相識進而相戀。兩人個性不合，卻仍因情感因素而結婚共組家庭。

5．離映如：

34歲，是歆仁的閨蜜。與杜可唯自大學時期便是班對，相戀多年，之後在可唯精心安排的求婚式之下允諾嫁與他。婚後，可唯與同學開了廣告公司，卻因網路興盛公司須面臨轉型，索性收掉轉開咖啡館，生意卻不如預期。於是映如產子以後為助家計，只好成為職業婦女重回職場，華麗變身成一名成功的百貨櫃姐。

6．杜可唯：

36歲，是映如的丈夫。與同學共組廣告公司，營運不如預期只好消極地收掉。轉營咖啡館之後生意亦不如預期，自此有些失志，總是在咖啡館客少時小酌幾杯。工作之餘在家帶孩子。因事業失意，對於映如的成功內心總有些不是滋味，態度轉而是愛中帶有失意的暗諷與折磨。

7．蕭旖旎：

32歲，是歆仁的閨蜜。與言歡相戀數年，本欲走向婚姻，然因言歡欲出國念書拿學位，為免青春被耽誤，遂與之分手轉而嫁與初戀情人江颯英。嫁與颯英為妻以後生有一女，然颯英因妒嫉旖旎婚前與言歡的情感，因此對她總是不放心甚至是有些疑心病。旖旎因受不了丈夫的佔有慾與妒嫉之心，遂偕女返回娘家居住，與之分居。之後與言歡透過電話聯繫上，兩人時常藉通訊軟體成為彼此心靈上的樹洞，因而情感逐漸復熾……

8．江颯英：

35歲，是旖旎的初戀情人。重新追回旖旎並迎娶她入門，兩人婚後育有一女。生性十分嚴謹，對於金錢的掌控較為仔細嚴厲，甚至有些摳門。疑心病重，因而影響到與妻子之間的情感卻毫不自知。

9．言　歡：

34歲，是旖旎的第二任情人，兩人因他欲出國深造一事而分手。他大方祝福旖旎的婚事，卻未料到婚後的她竟十分不幸福，因而覺得是自己的錯。與返回娘家的旖旎聯繫上，兩人時常通訊見面，情感竟逐漸升溫，進而一發不可收捨……

10．焦承鈞：

34歲，是歆仁的好友。原為不婚主義者，卻在意外使女友朵雅懷孕的當下，不忍心她墮胎因此勉強地迎娶她進門。因這樁婚姻並非自己十分屬意，因此婚後總是在不犯規的情形下與公司出色的女同事有著淡淡曖昧。在婚姻圍城裡待久了，也時常想著要出城去透透氣。

11．潘朵雅：

33歲，承鈞的妻子，與他是奉子成婚的狀態。居家型的好妻子，持好家務，照顧妥孩子，卻無法贏得承鈞的歡心。

12．余安軒：

28歲，承鈞的秘書，做事細心，溫和美麗的女子。對承鈞十分心儀，悄悄於內心愛慕著已婚的他。

13．明明德：

34歲，是茶飲公司新進的企劃課同仁，亦即歆仁的新同事。兩人公事上十分契合，亦很有話聊，有內涵，想法與歆仁同樣有深度。歆仁於茶飲方面的常識，工作的能力，非常令明德折服並且欽佩。後與歆仁漸衍生出淡淡曖昧情愫。一次歆仁於公事上為他解圍，他便主動邀請她吃飯。除了感謝之外，其實亦基於對她的好感，雖然他表面上並不承認。

14．易　父：

70歲，歆仁之父，因一場大病差點蒙主寵召。幸大癒，返家與家人一起過年吃團圓飯。

15．易　母：

65歲，歆仁之母，與丈夫情感甚篤，是一名愛護子女卻又十分開明的母親。

16．易德仁：40歲，歆仁之兄，已婚，育有子女。

17．易崇仁：33歲，歆仁之弟。

楔子

她在一張雪白信箋上，以黑色水性墨筆一個字一個字如同雕刻似地，寫下了一首敘事詩：

問：這荒塚裡埋葬的究竟是誰？
墓碑上的姓名早已風化磨滅，
西風雲彩荒塚前掠過，
埋葬不知名的亡魂，
從不享祭掃的慰藉。
星子說，那荒塚裡的亡魂，
紅塵眷戀三百年，
到如今，不捨離塵，
在夜謐的荒街裡愁恨躑躅，
淒清的夜半游移挪徙，
月下窗臺前聽著琵琶的呢喃。

這是誰的孅孅手指，
珠玉落盤的琤瑽，
蹙指撥彈紅塵的宮商角徵，
一聲聽，踰越著幽魂神靈俱銷的無形，
揪著，再不放過。
原來，那一聲弦子的揪緊，
是魂兒生前所眷戀的倩兒，從初一，到十五。

寫完以後，她讓詩句風乾，然後起身將信箋拿到陽臺的一個火盆，燃了火以後將寫有敘事詩的信箋化掉。化掉信箋的同時，她面無表情，似是化掉一個虛構的故事一樣，雲淡風輕。

第一話　父病

1

易歆仁於一家連鎖茶館公司擔任行銷企劃的工作，每天朝九晚六，週休二日，如此生活型態已持續了很久。自從那件事情發生以後，為轉移心緒她除了每個月會出一趟遠門旅行，以及每天晚上閱讀或者是寫寫臉書以外，剩餘的時間便全都給了工作。她其實已屆適婚年齡，以一般東方文化而言，假日或年節回家與家族成員吃年夜飯時，被催婚甚或是逼婚肯定是避免不了的。

父親總是說道：「歆仁，老爸希望有生之年能夠看見妳披婚紗結婚，兒女成群。這是老爸這一生最後的心願。」

每每遇見如是情狀她總是不慍不火，只笑說就等有緣人的出現。或者她會說道：「空置的年華，只為等待生命中對的人彼此相遇。」對的人，總是比較難等。

今日歆仁與曉瑄在公司休息室裡用餐，兩個女生一邊吃飯一邊交換著彼此飯盒裡的飯菜吃。邊吃邊討論著為什麼時下有這麼多的單身男女都不願意結婚的話題。

歆仁笑道：「城市裡致使『不婚』的原因很多，像是：遇不見對的人、大環境不好沒有餘錢、不想生養孩子、忙工作、擔心婆媳問題等等，但也有少部分人是因為曾經滄海難為水。另一派人呢則是『為了結婚而結婚』，或者是茫然不知自己想要的究竟是什麼，然後便迷迷糊糊地結了婚。」

「歆仁姐的狀況，肯定是不婚派的吧？」

「為什麼會覺得我不婚呢？」歆仁問道。

曉瑄說道：「從沒看見歆仁姐交男朋友。」

歆仁笑而不答。

曉瑄忽想到了什麼，一臉驚恐地問道：「該不會，是蕾絲邊吧？」

歆仁笑推了她的額頭一把，「瞎猜，我不是。我愛男人。」

「真的嗎？又或者，是變性人……」

「喂，夠了喔。跟妳說我愛男人就是愛男人，而且我是貨真價實的真女人好嗎。」

「那就太好了。」曉瑄一臉「幸好」的模樣。「歆仁姐這麼棒的女生，如果也愛女生，那……，那就太暴殄天物了啦。」

歆仁笑，「什麼暴殄天物？胡說八道。」

曉瑄甜膩地抱著歆仁，「歆仁姐，我說真的，妳這麼優秀，又這麼有才，還是男生會喜歡的那一型，妳可得加把勁兒趕緊將自己嫁掉喔。」

「我爸媽催婚還不夠，還得妳湊著一塊催我嗎？」

曉瑄噘著嘴，「我這不也是為了妳好嗎？」

「是，謝謝妳這麼熱心。」她笑，語末的音調頑皮似地往上揚。

2

下班以後，歆仁回到自己位於臺中市區的小公寓，這房子是五、六年前所添置的。那時手頭上有點錢，投資理財要趁早，於是便以這筆錢為頭期款置了這層新屋，終於擺脫了無殼蝸牛一族。小公寓離父母住處不遠，一個人搬出去住是為想靜下心來做些編輯或者是文案接案方面的兼職工作，這一向是她的興趣。

週六中午，歆仁從冰箱裡取出雞蛋、起司、培根及餅皮，正欲以小火煎蛋餅。油鍋熱了以後，舖平一張餅皮在裡頭，好似在為那張餅皮做ＳＰＡ一樣。她笑。接著，她打了個雞蛋，加入起司與培根，此時此刻雞蛋、起司以及培根的香氣混成一股完美馨香，十足勾人食慾令人耽溺。接著，她削了馬鈴薯然後快刀切丁，加入玉米與奶油熬煮成了一小鍋濃湯。正在做著一個人的午餐時，一旁的手機驟然地響起。她取過手機接聽。

「喂……」

「姐，我是崇仁。」

「崇仁，什麼事啊？」

「妳最近忙不忙？」

「還好。怎麼了？」

「如果不忙的話，抽空回來一趟，老爸病了。」

「病了，怎麼會，什麼狀況？」

「好像是感冒吧，有點發燒。」

「好，我明天會騰個時間回家看他。」

入冬以來第一波寒流，讓很多人都生病感冒了。易父於這幾日亦病，身體狀況十分不好，看了幾次病吃了好些藥仍不見好轉，因此家人決定將他送往醫院以進行治療。本以為是一般流感極快就能夠痊癒，未料竟引發感染，易父的肝臟出現了兩個膿泡致使白血球飆高、血壓不穩、無法進食且亦陷入昏睡狀態。

病房內，崇仁與易母看著昏睡於床榻上不醒人事的易父，頗為擔心。

崇仁拉著母親的手，說道：「醫生說了，為安全起見，還是把老爸送進加護病房照顧會比較妥當。我看就讓爸進去吧。」

易母不忍，「他一個人獃在加護病房，除了醫護人員，我們要照看也不方便。」

「那也是沒辦法的事情呀。他現在的狀況有點危險。」

易母有些難受，不再多說，僅頷首。

於是崇仁便打算明日再去辦理父親入住加護病房的手續，由專業醫護人員全日照看，待用過抗生素讓膿泡感染狀況穩定以後，再行引流出體外。情況若安全沒有問題的話，再移出加護病房轉至一般病房。

歆仁與崇仁通了電話，崇仁說母親今日清晨前往探視過父親，那時父親意識尚且清楚、血壓已穩定下來，似有好轉跡象。但這兩三日是關鍵期，醫師仍不敢鬆口危機已全然解除。為了省時省力，便不一一通知親友了。

易父因病菌引發了肝膿瘍，病情十分反覆，以致於纏綿病榻。醫師檢查以後對易母、歆仁以及崇仁說道：「易先生的狀況十分嚴重，看這情況，恐怕將引發敗血症。」

所有人聞言皆十分擔心，崇仁問道：「那該怎麼辦呢？」

「不要再拖到明天了，」醫師建議，「現在就將易先生送進加護病房照顧會比較好，否則恐怕會有性命之虞。」

易家人商議以後同意了醫師的建議，易父就這樣被送進加護病房。然而在加護病房裡，五日內的病情亦仍時有反覆，可說是驚險萬分，那時易家人幾乎已有為易父辦理後事的心理準備了。未料峰迴路轉，驚險的病情奇蹟似地竟出現了一絲曙光，爾後所幸漸趨穩定，轉危為安，且已送出了加護病房。但因尚未痊癒之故，是以肝膿必須進行引流以排出體外。

本以為病情已趨穩定，豈料週一晚間易父的病況竟又急速惡化。此時易母在普通病房內已是方寸大亂不知如何是好，她顫抖著雙手掏出包裡的手機，打了一通緊急電話給歆仁。

「歆仁，妳有空趕緊過來醫院一趟，妳爸因為併發肺炎，又必須急入加護病房進行插管急救。我，我現在在醫院裡等著簽字以後要將妳爸給送進去……」易母的情緒明顯受到影響，說話的語音已然有些哽咽。

「媽，我現在就過去。」歆仁回應。

「都大半夜了，妳來也沒有用。這裡我先簽字處理，妳跟崇仁明天再過來吧。」

後經急救所幸已挽回性命，易母與大兒子德仁、二兒子崇仁以及歆仁為照顧易父，旋轉陀螺似不停地奔波往返，幾日以來已然瘦了一大圈了。

歷經急救，易父狀況終趨穩定，數日以後已成功拔管且已轉入了普通病房。在普通病房一直待到除夕是日，易父才終於復元且安然地出院，返家與家人團聚，正準備一起吃團圓飯。

3

歆仁於父親出院以後回了趟自己的住處，在小公寓裡頭掃除。她將屋裡的桌椅擦拭乾淨，地板清掃且已拖過，再將些許衣物以洗衣機洗淨晾曬，然後倒了垃圾，正準備下午早點回家給母親與嫂嫂做年夜飯時打下手。她換好衣服坐於妝鏡前化妝，忽瞥見一旁首飾盒子裡，一條晶燦秀氣的項鍊，於是眷戀的眼神注視著它好久好久，才終於收拾散落一地的愁緒，揹著包包離開房間，打算驅車回家去。

歆仁出了小公寓下樓來，走到自己的車子，掏出鑰匙打開以後坐了進去，方向盤一轉正欲駛離停車場。

蕭時男卻出現於隱晦一隅，目光憂傷且不捨地望向驅車揚長遠去的歆仁，千言萬語卻不知該如何啟口，所有的百轉千迴、撕心裂肺只消自己點滴明瞭。

易宅廚房，易母與媳婦；也就是大兒子易德仁之妻，正忙著做年夜飯的好湯好菜，歆仁則在一旁打下手。易父於年前能夠痊癒出院，是以這一頓年夜飯於易家人而言，可謂意義非凡。

年夜飯的各色年菜已然上桌：梅干扣肉、醃篤鮮、佛跳牆、寧波醉蝦、蟹黃豆腐煲、醉雞捲、烏魚子與香腸拼盤、熱炒時蔬……，總之該有的菜色應有盡有。但最為主要的，還是家家戶戶皆將之奉為主角的——團圓大火鍋。

易家所有人圍爐，每個人皆十分開心。

德仁舉杯肅敬雙親，「老爸這次歷險從醫院平安回家過年，大難不死必有後福。」

歆仁、崇仁以及其他成員亦舉杯互敬同飲。

歆仁笑道：「今晚能吃團圓飯，真是老天保佑。祝老爸老媽能夠福如東海、長命百歲，年年有今日，歲歲有今朝。」

崇仁笑著附和，「對，一定能夠長命百歲。來，大家乾杯。」

易父笑呵呵，「今年可以撿回一條老命再與你們的媽還有你們同桌吃飯，我感觸頗深，這頓飯，來得真不容易啊……」言語間忽顯感性，「真的該感謝上帝賜給我的年歲。」他哽咽著說了好幾次這樣的話。

酒過一巡以後易母勸酒，「好了老伴，你大病初癒酒也別喝太多，可要好好養著。」

「是、是，皇太后說了算。」易父笑了笑，放下酒杯不再多喝。他看了眼女兒，唸叨地說道：「歆仁啊，過了年又老了一歲，妳呀也該趕緊找個人嫁了。畢竟『事情』都已經過去那麼久了，妳還不能夠放下嗎？」

歆仁微笑，「沒有啊，也不是放不放得下的問題，就……沒遇見適合的人啊。」

「我知道妳對對象很挑剔，但妳看老爸這回生病，如果不是有妻子兒女在身旁，妳想，那會有多麼落寞狼狽不堪啊？」

「爸，與其為了結婚而結婚，選了一個不適合自己的人，兩個人的寂寞會比一個人的孤獨更寂寞。現今女性有受教育、工作、社交、逐夢等權利，已經有很大發揮空間了，並不一定非得以婚姻家庭做為唯一選項啊。況且如果可以，與兄弟或者閨蜜多元成家也沒有什麼不好呀……」

蕭時男神情淒惻憂鬱，靜默地待在易宅外面。他聽見歆仁所說的話，不覺眼紅噙淚很是感傷。

歆仁繼而又道：「爸應該知道我那些好朋友，姝嫚、映如、旖旎還有承鈞，他們雖然都結了婚，可是當初大多是為婚而婚，或者茫然不知道自己所要的到底是什麼就結婚了，現在大多也過得不是挺順心。」

「也是啦，」崇仁說道：「爸媽不必太擔心，我們三兄妹相依為命，歆仁就算沒嫁人也不會太孤單。況且她有車有房有存款，少了婚姻的折騰她還能活得更開心呢。」

易母拉拉老伴的手，「兒孫自有兒孫福。歆仁是很有想法的，我們都別替她擔心。喔？」

歆仁拍拍父親的手，「我對結婚這件事情不排斥，但總要等到對的人。老爸，別替我擔心了。」

易父心疼地笑了，緊了緊女兒的手。「對了，妳剛才說姝嫚、映如、旖旎還有焦承鈞他們，最近好不好呀？」

「姝嫚最近跟老公又鬧冷戰了……」歆仁開始說起她幾個好朋友的故事來……

第二話　微風

4

情人節，歆仁與姝嫚兩個單身女孩約好了共度。她們於情人節前夕便訂妥了鑽石公主號郵輪的七天日韓行程，除了彼此陪伴以度過這個單身狗最怕的日子以外，最主要是犒賞辛苦工作的自己。她們一致的想法是，就算沒有情人，也得自己愛自己，對自己好還要更好才行。這一趟行程，兩個女孩狠下心來，訂了極為昂貴的陽臺套房，打算要好好地趁著這趟旅程，享受一下單身貴族的公主生活。

兩女孩在甲板上坐著吹風，夕陽的一抹抹紫嘌點綴著天邊，涼風送來天庭的問候，同時摩挲著兩女孩的臉頰。夕照在她們的臉上添妝，將她們妝點得愈加動人美麗。

歆仁說道：「情人節大概只有我們會這樣狠下心來，走一趟郵輪之旅了。」

「這叫做寵愛自己。」姝嫚笑道。

「情人節跟我一起過，會不會太委屈妳了？」

「才不會呢，最喜歡和妳在一起了。」

歆仁慧黠的眼神凝視著姝嫚，「每回妳談戀愛，我都覺得妳不是寵愛自己，而是折騰自己、卑微自己。」

「哪有？」姝嫚倔強，不肯承認。

「妳也交了幾個男朋友了，但似乎沒有一個能真正待妳好，真正滿足妳心底深處最缺乏真愛的那一塊柔軟區域。我知道，妳總想要擁有一段真愛，是真心待妳好，一心一意，兩個人性情相符，有共同興趣與話題的男人。但妳所認識的那些男人，總將情感視為玩物，玩一玩膩了就揮一揮衣袖不帶走一片雲彩，既不負責，亦無承諾。」

「聽起來，我好像很慘……」

「是有些慘哪。有時候去愛那些天邊的星星，倒不如找個實心實意愛妳在乎妳的人。」

姝嫚笑，「好啊，那妳替我找。」

「我如何能替代得了妳呢？」

七天的日韓郵輪之旅，兩女孩享受了公主級般的待遇，除了在船上套房促膝談心、船艙上參與各式美食饗宴及娛樂以外，她們亦相偕在不同國度的港灣停靠站徒步小旅、散心、品嚐異國美食，或者彼此拍照留念。回到船上，便站在觀景臺上，模仿《鐵達尼號》電影裡，Jack & Rose 一前一後站立於船首甲板上彼此深情相擁，唱著主題曲〈My heart will go on〉然後笑得不亦樂乎。不知情的旅客，還真以為她倆是兩情繾綣的蕾絲邊呢。

5

韓士德原在臺中的分公司當一名採購課長，然因家住臺北，父母也已有了年紀，因此幾番請調回臺北，過了一年多臺北總公司終於有了職缺，因此他便順利地回到了臺北工作。

一大早，姝嫚打卡上班，之後揹著包包來到櫃臺，將一些文件與郵件收攏以後帶回自己的桌位，打算一會兒分類一下，送去給各級主管。她將包包放在位置上，替自己沖了一杯香醇的咖啡，然後便打開電腦連上youtube，播放了歌曲，立時樂音透過藍芽音箱傳遞到辦公室的每一個角落裡。有了樂音的角落，輔以斜射入窗金絲般的光線，便顯得既溫柔又溫暖，頗有藝術美學的氣息。

士德正在自己的桌位前坐著，除了喝茶以外正以滑鼠操控電腦，熟悉一下介面，以及電腦裡頭的一些資料。正好姝嫚走過來，遞了一份公文與掛號郵件給他。遞給他的時候，她笑了一下。

「妳是……秘書？」他問。

「嗯，我是部門秘書，我叫唐姝嫚。你是新來的韓課長，我知道。」

他聽見背景所傳來的歌曲，有些訝然。那男聲正款款深情地唱著：

是你闖進了我的世界
從容的登上王位
你要的我都給

不管愛的真偽
不顧一切

是我沉浸在某種氛圍
笑自己那麼卑微
臣服在你的美
以為愛有那麼一點機會

敗給回憶　敗給了你
起手無回　服了自己
是誰享受被愛　虛榮的美麗

敗在愛情　讓人著迷
當局者迷　有何關係
敗將的傷心　　滅不了記憶　　我輸你贏

人散了我還不肯離位
得不到的總最美

是我太自以為
哪天你會出現　我真以為

敗給回憶　敗給了你
起手無回　服了自己
是誰享受被愛　虛榮的美麗

敗在愛情　讓人著迷
當局者迷　有何關係
敗將的傷心　滅不了記憶　我輸你贏……

收回訝異，他問道：「這首歌我在一家餐館聽過，很喜歡。是誰唱的，歌名是什麼？」
她回應道：「是馬來西亞歌手陳勢安所演唱的〈敗將〉；手下敗將的『敗將』。」
「真好聽，謝謝妳告訴我。」
「對了，為了以後方便聯絡公事，可以加韓課長的line嗎？」
「可以。」他掏出手機，show出了line的條碼。
她亦掏出手機，打開通訊軟體，掃描了他的條碼，二人加友成功。

夜裡，他有些煩悶，睡不著。瀏覽著一些網紅所主持的頻道的視頻，卻仍感到乏味。此時，電腦版line的來訊提示音響起，他點閱，是姝嫚所傳來的訊息。訊息內容是一個youtube的連結，點進去一看，是歌手陳勢安所演唱的〈敗將〉。

他覺得窩心，傳了文字訊息過去。「謝謝妳，姝嫚。」

「不客氣，」她回道：「陳勢安的歌曲都很好聽，歌詞有些味道，享受一下他的聲音吧。」

「嗯。這麼晚了妳還沒入睡？」

「正準備要睡。你呢？」

「有點睡不著。」

「那正好陳勢安的歌聲可以陪伴你。」

「是。」

「那就先說晚安囉。」她說。

「好，明天見。」然後他傳了一個安睡的表情符號給她。

她則是回傳了一個「see you」的貼圖。

6

姝嫚一個人正在用餐，因為已經過了午餐尖峰時間，所以美食廣場內的桌位空出很多，只零零星星的食客落坐其中。

士德點完餐，端著餐點尋找桌位打算坐下來吃飯。遠遠地他看見妹嫂，便走了過去。「嗨，妹嫂，我可以坐在這裡嗎？」

她抬起眼來，見是他，便婉笑說道：「可以啊。」

於是他放下餐點，並且坐了下來，動了匙筷開始吃飯。

「這麼晚才吃呀？」她問。

他笑，「工作忙呀。妳也是啊。」

「我習慣晚點吃，不想人擠人。」

「對了，」他問道：「大約有兩週時間沒看見妳在辦公室，聽同事說妳休假出國去了。」

「嗯，去了一趟美國。」

「哪個城市？」

「紐約。」

「哇，原來是大蘋果。一定很好玩吧？」

「嗯，」她笑點頭，沉溺於回憶裡。「我喜歡洛克斐勒中心，它位於美國紐約市中心，區域涵蓋第五至第七大道，介於47街至52街之間，建築風格多為現代主義與裝飾藝術。」

「似乎是過聖誕節很棒的地方。」他說。

「是啊。不過，屬於洛克斐勒的著名地標不只這個，像是聯合國總部大樓也是，還有芝加哥大學與洛克斐勒大學，這兩所則是著名的學校，這些皆為洛克斐勒家族出資所興建的著名地標與機構。」

他笑，「那妳知道洛克斐勒家族是何方神聖嗎？」

她搖頭，等著他繼續地說下去。

他回道：「其實他們是十九世紀壟斷美國石油市場的石油公司擁有者，是當時代全球的首富。約翰・戴維森・洛克斐勒（John Davison Rockefeller）建立了這家石油公司，是一名實業家、慈善家。」

「喔，原來如此。你怎麼知道的呢？」

「從網路跟一些書面資料知道的。每當我有計畫失敗、工作失意的時候，就會想起洛克斐勒的精神。」

「喔？說說看。」

「洛克斐勒家族為什麼值得一提呢？那是因為這個家族打破了『富不過三代』的魔咒，從十九世紀迄今一百多年以來，他的後人仍稟承家業，綿延了十分富裕的生活。所以，洛克斐勒家族的家訓便非常值得所有人參考進而學習。」

「有什麼激勵人心的精神呢，聊一下。」

他笑，「不少耶。我得看看。」他掏出手機，蒐尋了一個網頁，點進去，然後唸了起來。「好比說：不靠運氣活著，但是可以依靠策劃而發達。好計畫會影響你的運氣。世上沒有任何一樣東西能夠取代毅力，就連才幹也不行，毅力與決心可謂無往不利。**『收入』僅為工作的副產品，是以做好你所該做的事情，出色地將工作完成，那麼理想的薪資必然美夢成真。**」

她接過他的手機，瀏覽網頁，喃喃地唸著：「無論是要贏得財富或者是人生，優秀人於競技中所思者非輸了我將如何，而是當成為勝利者時應該做些什麼。藉口，將多數人擋於成功大門之外。99％的失敗，都是人們慣於尋找藉口……。哇，真的很激勵耶。」

「與妳分享，如果工作不順的時候就看看？」

「嗯。」她點頭。

兩人邊聊邊用餐，氣氛非常愉悅融洽。

7

姝嫚與士德在倉庫裡清點公司所有的茶葉品項，正在做記錄。

姝嫚打開其中的茶葉罐，聞著罐裡頭所飄散出來的茶香，有些耽溺。士德見狀，莞爾。

她感覺到他正注視著自己，回神，立馬將茶葉蓋子給闔上。

「很香對吧？」他問。

「嗯，令人沉溺。」

「我從以前就很喜歡品茗、喝特調茶飲，所以曾經去考了調茶師證照。」

「哇嗚，真的？」她驚訝。

「嗯。調茶師之於茶飲，就如同調香師之於香水一樣。」

她笑，「我知道。一般若有使用香水的人，都知道有調香師這樣的工作，也就是設計香水味道的專業技師。」

「是的。由此可知，調香師之於香水的重要性，因為他能影響一款香水味道的優與劣。」

「我記得Coco Chanel曾說過一句話——A woman who doesn't wear perfume has no future，調香師的工作之於全世界女人而言，可謂至關重要啊。」

他笑道：「同理，要品飲一杯香醇美味的好茶，一開始『調茶師』的把關亦如是。要成為一位出色調茶師，必先經過嚴厲嚴謹的訓練。除了和調香師一樣，需擁有過人記憶力與熱情以外，專業知識與創造創新的能力更是絕不可或缺的。」

「要受什麼樣嚴格的訓練呢？」她問。

「在成為調茶師之前，必須先經歷數年品茶師與採購的訓練，同時還得在茶園培訓茶葉相關的專業知識，如瞭解產地氣候、土壤之於產茶的影響等，並且熟悉每一種茶葉的屬性。調茶師的訓練是非常嚴格的，最主要即為盲測訓練；意即憑藉味覺與嗅覺去記憶各種不同茶葉的味道，且從手感與外觀即能辨識各種茶葉的種類。」

「哇，感覺上真的不容易呢。」她聳肩一笑，「我只會喝好茶，大概沒有這種天分。」

「那也無妨啊。」他說，「讓專業的調茶師為妳服務，也算是享受人生、享受茶飲藝術了。」

「那你剛才所說的，受完訓練呢？」

「通過數年訓練完成以後，考了證照就是正式調茶師。為維持味蕾最佳敏銳度，調茶師通常每日需刷牙漱口三次，且須避免食用濃烈刺激的食物如蔥、蒜、椒、辣、菸、酒等，想要擁有好味覺，這是一名專業調茶師所必行的功課。」

她點頭。

他繼而又道：「一位調茶師，每日須飲幾百杯茶湯，三十秒以內要由茶葉的香氣、味道以及外觀，識別出所品飲的究竟是何種茶，且須判斷其品質的優與劣。另外，他們時常需至各國各地的茶園進行視茶品茶的動作。然而要晉升成為『資深』調茶師，所必受的訓練可說是更為嚴格了，最主要是『調配』與『調味』培訓。所謂『調配』即是將不同產地的茶葉依照比例混合，以達其茶韻穩定性；所謂『調味』即是於茶飲之中加入香料、水果等，主要是增添茶湯的風味變化，藉以滿足飲茶者。」

「以前還沒進公司的時候，大多喝咖啡，也覺得學習咖啡沖泡有很多學問。但進了公司工作以後，發現茶的藝術與學問也不容小覷呢。」

聞言，他想了一下，點頭。「是，咖啡也與茶一樣，是很令人耽溺的精神飲品，一樣很美。」

她的眼睛亮了起來，「記得有一句話是這麼說的，『我不是在咖啡館，就是在前往咖啡館的路上』。是不是覺得很熟悉，感覺它似乎是某個似曾相識臺灣的咖啡館廣告呢？」

他點頭，「好像是左岸咖啡館？」

她說明道：「其實這句話是奧地利作家彼得・艾騰貝格（Peter Altenberg）的經典名言；這名言所指涉的，正是位於維也納內城區的一座百年咖啡館——中央咖啡館（*Café Central, Wien*）。這家咖啡館於1860年創始至今，十九世紀時曾是許多知識階級很重要的一個聚會場所。」

「妳怎麼知道的？」

「以前出國旅行時，曾去過維也納的這家中央咖啡館呀。維也納人非常喜愛品飲咖啡，因此可以想見它的門庭若市。不僅是咖啡而已，他們還販售各式各樣的甜點，絕對可以滿足想要喝下午茶的饕客口欲。不過在點咖啡的時候，請千萬別說『來一杯咖啡』喔。」

「咦，為什麼呢？」他問。

「因為咖啡與牛奶比例的不同，在維也納也有不同表示的方式。最為人所周知的是米朗奇（*Melange*），也就是混合之義。標準的熱咖啡再兌入熱牛奶，最上層覆以奶泡，絕對可以滿足客人挑剔的味蕾。如果有機會前往奧地利維也納旅行，想喝下午茶的話，可千萬不要錯過維也納的中央咖啡館喔。」

「好，如果日後有機會去的話，一定親自去品飲看看。謝謝妳的說明與推薦。」

第三話　許諾

8

公司在聖誕夜舉行了一個小聚會，時間定於晚餐，是西式 buffet 餐點。公司的交誼廳布置得極其浪漫，除了裝飾滿滿的聖誕樹以外，一旁有許多紅綠包裝的禮物盒，聖誕老人與麋鹿，牆上還懸掛了許多清光跑馬燈。桌面上則是置滿了鮮花與香氛蠟燭。這麼棒的聚會，大多單身狗居多，因為有伴侶的人，多數與自己的情人前去享受二人世界或者是燭光晚餐去了。

前方的小舞臺上站著一名身姿窈窕的女孩——姝嫚身著性感舞衣，將自己多日以來所練就的舞蹈貢獻給了這一夜，背景所傳來的正是 Kylie Minogue 所演唱的西洋歌曲〈Miss a Thing〉。姝嫚的個頭雖高，肢體動作卻非常柔軟靈活，身材亦穠纖合度，配合著音樂做出性感撩人的舞姿，著實吸引著男同事們的雙眼。她可謂冬季裡一客宜人舒爽的冰淇淋呢。

舞後，她來到鋼琴處坐下，彈奏一曲〈Have yourself A Merry Little Christmas〉十分應景。鋼琴樂音一下，幾名同事紛紛起身隨著旋律搖擺身體，放鬆身心，儘情地享受這個浪漫卻有點孤獨的聖誕佳節。

整個晚上，韓士德盡是將目光投射在姝嫚身上。他心裡有些驚豔，這女孩是如此清麗慧黠，又是如此多才多藝，舉手投足間散發著一股成熟女人的魅力，幾乎令人無可抵擋。傾刻間，他似乎有點為她著迷了。但同時，他亦覺得自己似乎有些配不上她。她是那麼的美好，靈兮聖兮，像是來自天上的小仙女。而他，僅是凡間一個蒙塵且粗俗的男人罷了。

聖誕過後，他開始給她買盒飯。每天中午，除了買自己的午餐以外，他總會貼心地為她也買上一份。起初，她以為他只是偶一為之。時日一久，她發現了他的持之以恆。他沒說什麼，只是默默地為她付出。她感受到了，那份來自於他的溫暖緩緩地融進了她的心裡，沒有驚滔駭浪，而是如同涓流一般細細地流長。流著流著，一細涓流成了一泓水塘，每投下一顆情緒小石，總會泛起絲絲漣漪。

她在小倉裡面整理一些茶葉罐與包裝袋，裡頭昏昏暗暗，悄無聲息，甚至是有一點點枯燥乏味的。但她一無所謂，只是低頭勤奮地動作著。

忽然，燈亮了。接著，音箱裡流轉而出的是輕柔的Jazz music。她抬眼轉頭，見是他來，有些訝異。

他趨近她，蹲下身來一起幫忙整理。「一個人太孤單，兩個人剛剛好。我幫妳。」

她凝視著他的眼眸，泛起絲絲淺笑。

他亦回以一笑，回望向她。

她的心暖了起來，忽憶及自己與歆仁曾經的對話：

歆仁慧黠的眼神凝視著姝嫚，「每回妳談戀愛，我都覺得妳不是寵愛自己，而是折騰自己、卑微自己。」

「哪有？」姝嫚倔強，不肯承認。

「妳也交了幾個男朋友了，但似乎沒有一個能真正待妳好，真正滿足妳心底深處最缺乏真愛的那一個柔軟區塊。我知道，妳總想要擁有一段真愛，是真心待妳好，一心一意，兩個人性情相符，有共同興趣與話題的男人。但妳所認識的那些男人，總將情感視為玩物，玩一玩膩了就揮一揮衣袖不帶走一片雲彩，既不負責，亦無承諾。」

「聽起來，我好像很慘……」

「是有些慘哪。有時候去愛那些天邊的星星，倒不如找個實心實意愛妳在乎妳的人。」

姝嫚微笑，「好啊，那妳替我找。」

回過神來，她心裡頭不住地喃語道：「這一次，不是天邊星，而是在耳畔呢喃的微風。」

9

一大早，造型師正在姝嫚房裡為她化妝，精雕細琢般地為她勻面、畫眉、勾眼、撲腮、點唇。

是的，今日正是她出閣的日子，一會兒將要前往教堂，與士德舉行婚禮。

化好妝、梳好新娘包頭，接著便是著新娘禮服以及戴頭紗的最後步驟了。造型師協助姝嫚穿好白紗禮服，又為她仔細小心地別上頭紗，她看著鏡中的自己，回想起與士德交往的過往點滴……

某個週末假期，姝嫚與士德在家裡吃早餐。吃完早餐以後姝嫚正將所有洗過清潔劑的碗盤放在水龍頭底下沖水，她邊沖邊說話。「士德，今天休假耶，去看電影好不好？」

坐在沙發上以筆電上網中的士德沒有回頭，僅說道：「幹嘛出去看電影，我們有NetFlix跟愛奇藝帳號，要看什麼影集跟電影沒有？」

她放下手中匙盤，擦了擦手來到他身旁。「那不一樣，去電影院比較有fu，而且視聽感受比較震撼。」

「可是我們明明有網路帳號可以在家看片子，幹嘛還花這種錢？」

「就算去戲院也花不了多少錢啊，偶爾去一次又有什麼關係呢？」

他沉吟了會兒，對她說道：「但，我懶得出去……」

「就當是陪我嘛？」

「那在家不也一樣是陪妳嗎？」

「不一樣，去戲院的氛圍比較好。」

「妳們女生就是這樣，喜歡什麼浪漫啊、氛圍的。氛圍能當飯吃嗎？」

聞言，她有些生氣，拿起抱枕就往他身上扔，然後離開沙發，去流理臺繼續沖洗碗盤杯匙，還故意鬧出很大聲響，似是在告訴他，她很不高興。

他也不搭理，只顧著自己上網。

※　※　※

前不久，姝嫚下班回家以後，從信箱裡抽出一疊郵件，不意接獲大學同學的結婚喜帖。正巧好幾年沒辦同學會了，於是幾名同學籌劃著想趁此機會，一起吃飯敘敘舊。知道同學閨蜜們肯定會帶老公或者是男朋友一同前往，於是她心想，或可與士德商議看看。

今天特地做了幾道士德所愛吃的菜，布置好了餐桌，還擺上了她特別熬煮的水果茶。士德一會兒以後回來了，她迎上前去。

「今天比較早呢。」

「事情處理完了就趕緊回來，不然妳都說我只顧工作不顧妳。」

「吃飯吧。」

兩人來到餐桌處，各自陸續地拉開椅子坐下。

見是一桌好飯好菜，他笑道：「今天是什麼特別日子嗎？」

「沒有啊，」她回以一笑，「就心情好，所以多做幾道菜。」

正好肚子咕噥了一聲，餓了，於是他舉著夾菜吃了一口，點頭。「妳的手藝沒話說，真好吃。」

「那就多吃點。」她幫他添了碗飯，遞到他面前。

他捧過飯碗，津津有味地吃起來。

她也跟著一起用餐，兩人似乎都很享受於眼前的餐食。稍後，她說道：「士德啊，我有個飯局，想你陪我一起去……」

「什麼飯局，家裡的嗎？」

「不是，就，大學閨蜜結婚了，想去參加。」
「婚禮?!」
「嗯。」
他搖頭，「我不喜歡參加婚禮，尤其是大學同學的婚禮。而且那是妳的同學，不是我的。」
「你不陪我去，那我怎辦？同學們一定都會帶著老公或男友出席的呀。」
「妳們女生最愛在這種場合互相攀比，比美、比成就、比男友、比老公。虛榮。」
「所以，你不想陪我去就對了？」
「我可以陪妳出去吃飯，但不想陪妳去參加同學的婚宴。」
「我拜託你，你也不肯？」
「姝嫚，不要說拜託，妳不能勉強我去做我不想做的事情。」
她不再多說，放下碗筷起身。「不吃了，等一下你吃完以後碗筷自己洗。」說完，她轉身回房拎了包包，搭上外套，然後漲紅著一張臉開門走了出去。
望著她離去的背影，他有些愕然反應，卻也感到有些無奈。

※　※　※

吵架過後，姝嫚好幾天沒有回家，直到參加了同學的婚宴以後才回來。返家以後，她將身上包包丟在椅子上，發洩似地打開電視機，然後從冰箱裡拿出零嘴與飲品，來到沙發處坐下，放肆地邊看電視邊吃起零嘴來。

她將小桌案與地板弄髒了，零食碎屑掉了一地，但似乎也不想清理，只是按著遙控器以轉換電視頻道，坐躺在沙發上懶洋洋地看電視。

稍晚，士德開門入內，見到姝嫚躺臥沙發已經睡著了。再看向小桌案，滿滿的零食與飲料罐，有些受不了。他上前，搖醒了她。

她睜開惺忪睡眼，抬眼瞧他一眼，沒有多說什麼，閉眼以後繼續裝睡。

「妳這像話嗎，把桌子跟地板弄得這麼髒！」

她沒有回應，繼續睡著，然後任由面前的電視機持續無控地咆哮。

「唐姝嫚，起來！」

她動也不動，來個相應不理。

他實在氣不過，但也拿她沒轍，於是只好自己動手，拿來抹布與掃把開始清理地面上的一片狼藉。

※　※　※

姝嫚在辦公室座位上坐著，不停地掉著眼淚，十分委屈模樣。

士德靠坐在桌面上，低頭看著哭泣中的女友，既心疼又生氣。「妳再怎麼不開心，也不能跟廠商說重話呀。我知道經理罵妳，妳委屈，但這件事情明顯是妳有錯在先。」

聞言，她抬起婆娑淚眼，說道：「經理罵我就算了，現在連你也要罵我嗎？」

「我不是罵妳，只是跟妳講道理。」

「道理一定要現在講嗎？」

「不現在講，難道要等下個禮拜還是下個月再講嗎？」

她站起身來，「你就是故意要來氣我的是嗎？」

「我沒有要氣妳，妳講點道理好不好？」

「我不想講道理，也不想聽你講道理。我只知道我有委屈的時候，我需要的不是道理，而是你的安慰與擁抱。」

「安慰與擁抱能有什麼用？」

她愈聽愈氣，低吼地說道：「至少對我的情緒平撫很有用……」語畢，她推開他，離開自己的座位走開去了。

※　※　※

「他已經跟我求婚了。」姝嫚甜滋滋地說。

「親愛滴，」歆仁溫柔地說道：「妳要結婚了，我應該替妳高興。可我忍不住想叮嚀妳一句，要不要再多想想？」

姝嫚不解地注視著歆仁，如若「結婚」這事還得多想想，那麼理性的狀態下還能結得了婚嗎？

光是細思未來的日子就昏不了了，還能婚？

歆仁回道：「你們倆的個性，好像不太適合，就這樣結婚，好嗎？」

姝嫚沉吟了會兒，說道：「就，慢慢克服吧，有哪對情侶或夫妻是天生個性完全適合的呢？」

「話雖如此，但我總覺得你們的差異還是有點大。妳活潑、喜歡參與社交活動，但士德太宅，也太懶得動了。這無妨，其實算是互補，彼此溝涌調整也是ＯＫ的。但重點是，你們倆根本很難溝通的呀。」

「我想，慢慢調整，會愈來愈好的。」

就這樣，姝嫚與士德兩人相戀不到兩年便結了婚。

10

蜜月旅行是延續婚禮的幸福浪漫與甜蜜，兩人在為期半個月的郵輪旅行中，彼此填補與滿足。但再浪漫幸福的旅程，總有結束的時刻，結束以後，那就得開始面對現實的生活了。

週六，姝嫚做好了午餐，一一地端出廚房來到飯廳，再將兩副碗筷擺上，然後脫下圍裙來到客廳。

「士德，吃飯囉。」喊了正在看電視的他，喊完以後她來到餐桌前，替他與自己的白瓷碗各添了一碗白飯。

他走來，拉開椅子坐下，與她一起吃午餐。

他挾菜吃了幾口，說道：「我們是不是找時間回我爸媽家去吃飯，陪陪他們？」

「回家？什麼時候？」她問。

「每個星期六或星期天，回去陪陪他們。」

「一定要回去嗎，每次回家都得不停地跟爸媽說話，好像不說話，我就沒有扮演好媳婦的角色似的。」

「本來回家就是陪老人家吃飯說話的呀，難道妳希望他們能陪妳玩樂？」

「但我總覺得，有些不自在。平時上班都很累了，星期六或星期天還得應付老人家，我覺得實在是有點懶。」

「那是我爸媽，妳的公婆，妳居然是以『應付』的心態在面對他們？」

「難道不是嗎？我回你家必須扮演乖巧媳婦的角色，但我回我家就算在家裡睡大覺，我爸媽還是把我當做心肝寶貝一樣來疼。」

「那不一樣，妳在家是女兒，嫁到我家是媳婦。」

「所以成為人家的媳婦就不能有自己了，是不是？」

「妳怎麼能這麼說呢，只是要求妳每週陪我回家一趟而已，連這妳也無法做到嗎？」

「那，可以一個月回去一次嗎？」

「太久了，最少半個月要回去一次。」

她沉吟，並不說話。

「姝嫚，妳講點道理，我爸媽並沒有要求我們必須同住，我們半個月回家一趟，當是盡孝並沒有太大問題。」

「好，我陪你回去。」她的臉上毫無喜色，只是配合。

就這樣，她陪著他每兩週回夫家一趟，當是盡義務。然而同樣的問題不僅是每兩週回家一趟，農曆春節的團圓飯依然是無法躲避的一件大事。

小年夜那天，公司已經放假了，士德在家裡幫忙掃除。他對一旁拖地的姝嫚說道：「除夕夜要回家，幫我媽做年夜飯。」

聞言，她抬眼說道：「一定要我回去幫忙做菜嗎？好不容易放假了，我想好好休息。」

「妳的手藝好，妳不回去幫忙，媽媽一個人忙不過來。」

「那可以跟餐廳訂購年菜，讓媽媽休息啊。」

「那不一樣，自己親手做的年夜飯，還是比較有過年一家團圓的感覺。」

「但我不想回去做菜，我只想休息。何況還有其他妯娌，難道媽指定非我不可嗎？」

「姝嫚，為什麼妳總是這麼疏離，對我家的人？」

「我沒有，我只是想休息，想放空。如果回家我可以什麼都不做，可以躲在房間裡上網追劇，那我ＯＫ啊。」

「妳要記得，妳跟我已經結婚了，妳不是妳家的大小姐。」

「什麼年代了，還得回夫家親手做年夜飯才叫做過年嗎？」

他放棄，「算了，當我沒說。我自己幫我媽總行了吧？」他丟下掃除用具，拎了外套搭上，開門出去，然後砰一聲地將門給關上。

※　※　※

下了班，姝嫚前往士德的辦公室找他。

見他認真地坐在電腦前處理公事，她上前，輕敲了下桌面以引起他的注意。

他停下動作，抬眼看向她。

「你還不下班嗎？」

「我還在忙，妳先回去吧。」

「我不回家，要跟朋友去吃飯。」

「跟朋友吃飯？」

「嗯，之前就約好的，忘了跟你說了。」

他有點不太高興，「妳跟朋友的飯局，好像很多。」

「還好吧，一個月就兩三個飯局而已。」

「要妳回我家，妳總是很為難的樣子。跟朋友的飯局倒是很積極。」

「士德，你怎麼能夠把這兩件事情混為一談呢？跟朋友吃飯，我可以輕鬆做自己，可每次回你家，我都得順著你家裡人的意思。」

「所以，妳就是不想回我家就對了？」

「我不是這個意思，只是不想那麼頻繁回你家，我覺得好累，而且我真的不太會應付長輩。」
他不再多討論這個話題，而是直接地問道：「妳要跟誰去吃飯？」
「以前公司的男同事。」
「跟男生出去吃飯？」
「只是一般朋友，人家已經有女朋友了。」
「那他女朋友也跟你們一起去吃飯嗎？」
「沒有，今天就我們兩個。」
「妳居然要跟別的男人單獨出去吃晚飯？」
「結了婚就不能有異性朋友嗎？只是吃飯而已，大家聊聊。就是沒什麼見不得人的事情才會告訴你，這你也不能放心嗎？」
「反正妳都已經決定了，妳去吧，不用再跟我說了。」
「士德，你講點道理好嗎？」
「講道理？那我請妳陪我回家，跟妳講道理，妳怎麼都講不通？」
她受不了，暗暗地歎了口氣，頭也不回地離開辦公室。

※　※　※

婚姻生活當中，許多事件的想法彼此不合，這使得姝嫚對於這段婚姻有了些動搖，因而萌生想要離婚的念頭。然而，正當有這想法的時候，她發現自己的生理期延遲著一直沒有來。

她坐在電腦前，上了醫院官網，在網路上掛了婦產科的病號。

看診那天，她懷著一顆忐忑不安的心思前往醫院婦產科。在診間外等候了許久，直到看診序號45號自燈板亮起，她才起身走進了診間內。

經過驗尿，以及超音波等檢查，婦科醫師凝視著電腦螢幕上的報告，對姝嫚說道：「唐小姐，恭喜，妳已經懷有八週的身孕了。記得要定期回來做產檢喔。」

她愕然，未料居然已經懷有孩子了。這結果並沒有為她帶來千迴百轉的思緒，她只是有些慨歎。為了孩子，她也只能與士德維繫著這段已然食之無味棄之可惜，味如嚼臘的婚姻。一時之間，除了照顧好腹中胎兒以外，她暫時也沒有太多想法。一個孩子，雖耽擱了她往後的自由，卻也有可能為她帶來無限的希望與意想不到的美好。是的，應該就是這樣……

第四話　飛蛾

11

一家法式鄉村風格的咖啡館，歆仁與同學離映如坐於其間，正在喝咖啡。

她們所坐的位置臨窗，是以窗外柔和的光線能夠斜射入窗，明亮卻不張揚強勢，正是摩挲女孩兒臉龐最適宜的力道。

一進門，便能看見一座大吧臺，裡頭幾名服務生正忙著調製飲料或者是料理餐點。吧臺前則是許多張法式風格的餐桌椅，一旁還有兩處安置沙發，其上有著許多白與乳白或者是鵝黃色調的小抱枕整齊地疊放。室內所有一切，包含牆面、書櫃、吧臺、桌椅、餐櫥……皆是以潔白色調為主，且尚綴有一點點銀漆線條做為裝飾。一旁窗子的窗簾則是雪白絲質的，半開半掩的狀態下，窗外風光宛若一個羞澀的小女孩般掩映著春光春色不敢直接見人。

若仔細目睹所有陳設，能夠發現法式經典的刷舊特色，所有家具皆無拋光處理，反而能夠展現其手摸觸感格調。又或者一件木製器俱，又或者一座雕飾物品，以手工方式塗上漆料，不均勻處置而使得木質紋路得以保留顯現。至於具有裝飾風格的貝殼、樹藤、玫瑰等半立體浮雕，一樣是刻意地刷舊處理、刮痕仿古又或者是破壞，使之呈現歲月滄桑，令人感到十分富有人味與光陰掠過的痕跡。而許多椅腳、桌腳的設計則極富柔美弧線線條，可謂來自於洛可可浪漫活潑的風格，十足使人欣賞陷溺，不能自持。

歆仁問道：「今天妳生日呢，杜可唯要怎麼替妳過生日呢？」

「不知道，」映如嘛著嘴說道：「說要給我驚喜。但我真怕不是驚喜而是驚嚇。」

聞言，歆仁笑道：「所以，既期待又怕受傷害囉？」

映如笑點頭。

兩女說話間，忽有幾名男人入內，依序地來到映如面前。每一個男人，都遞給她一枝玫瑰花。她有些詫異，但還是一一地接過。

歆仁看向她，給了她一個「原來如此」的微笑。

遞完玫瑰花的男人，一個緊捱著一個，一字排開地站好。最後入內的則是杜可唯。他揹著吉他，站在映如面前，磁性的噪音唱起陳勢安的那首歌曲〈敗將〉。

是你闖進了我的世界
從容的登上王位
你要的我都給
不管愛的真偽
不顧一切

是我沉浸在某種氛圍
笑自己那麼卑微
臣服在你的美
以為愛有那麼一點機會

敗給回憶　敗給了你
起手無回　服了自己
是誰享受被愛　虛榮的美麗

敗在愛情　讓人著迷
當局者迷　有何關係
敗將的傷心　滅不了記憶　我輸你贏

人散了我還不肯離位
得不到的總最美
是我太自以為
哪天你會出現　我真以為

敗給回憶　敗給了你
起手無回　服了自己
是誰享受被愛　虛榮的美麗

敗在愛情　讓人著迷
當局者迷　有何關係
敗將的傷心　滅不了記憶　我輸你贏……

唱完，可唯深情地對映如說道：「親愛的，我們之間，我永遠是妳的手下敗將，但我甘心情願成為妳的敗將，因此想迎妳登上我的王位，不知妳是不是願意……，成為我一輩子的女王？」

聞言，她有些不知所措。

於是他不給她思考空間，而是取出早已備好的求婚戒指，亮在她眼前。

見狀，她驚喜得說不出話來，眼底浮起一層淚水，然後看向歆仁。

歆仁其實有點傻眼，沒想到可唯所謂的驚喜，原來是向映如求婚。他們大學時期原本就是班對，交往其實已經很多年了，要說感情與彼此間的瞭解，事實上是足夠的。唯一美中不足的是，可唯的家境小康，讓離家爸媽有些嫌棄與挑剔罷了。但，這怎能成為一份美好情感的阻礙呢？歆仁心中如是想。

歆仁朝映如笑了笑，眼底閃著光芒。

映如轉過臉去凝睇著可唯，朝他點點頭。

他取出盒子裡的戒指，為她戴上，然後當著所有人的面親吻她。那吻好深好長，蘊含真情與珍惜的心意。歆仁看著，很是羡慕亦很是感動。

一旁的客人見狀，無不為他們的訂情感到欣喜，全都為他們鼓起掌來。

稍後，歆仁坐到映如身旁，悄聲地問道：「妳確定了？」

她點頭。

「那爸爸媽媽那邊，怎麼說呢？」

「不管我爸媽答不答應，我都會結這個婚。」

「愛妳所選擇；選擇妳所愛。只要是妳經過深思熟慮的，妳知道，閨蜜永遠都會祝福妳。」

映如擁抱著歆仁，甜蜜地笑道：「歆仁，謝謝妳，來當我的伴娘。」

「那有什麼問題，肯定要的呀。」歆仁替她高興。

12

映如的婚事，因不被父母所接受，所以雙親並未參加小倆口的婚禮。可唯與杜家雙親在這件事情上顯得有些難過，尤其杜父杜母對於親家的缺席更是感到耿耿於懷。兒子除了安撫以外，也沒有辦法再說些什麼了。倒是映如的貼心讓杜父杜母感到窩心，可謂真心喜歡這個可人懂事的兒媳婦呢。

婚後不久，映如懷有頭一個孩子，去產檢以後得知是個兒子。可唯知道這事簡直開心不已。

映如倒是不依地問道：「懷了個兒子，你竟如此高興？顯然，你重男輕女。」

「我沒有重男輕女，」他握著妻子的手說道：「但爸媽確實期望頭胎能夠生個兒子，能讓老人家安心，我心裡特別高興啊。」

「要依我說的話，我喜歡女兒，可以給她打扮，可以一起穿母女裝。」

「我也喜歡女兒啊，不都說女兒是爸爸前輩子的情人嘛？若二胎能夠有個女兒，那我可要跟女兒很好喔，到時妳可別吃女兒的醋。」

映如甜滋滋地，偎進丈夫懷裡。

可唯說道：「現在有了孩子，要更努力工作了。映如，不如我跟同學組個廣告公司吧，妳覺得好嗎？」

「你哪來的本錢？」

「爸媽有塊地，賣了能有一小筆錢。」

「工作上的事我不干涉，只要你評估以後覺得好，那我就依你。」

於是可唯與兩名同學共組廣告公司的事情就這麼定下來了，他與同學們也確實很認真努力地在做籌劃。然而時間一如彈指般快，才正高興著頭胎懷了個兒子，未料兒子甫出世不久以後，映如復又懷胎，產檢以後確知是個女兒。夫妻倆聞言確實很是高興，正所謂有子有女萬事足。然而，真的有了子女就萬事足了嗎？恐怕，這僅是負擔的開始。孩子一出世，哇哇大哭就是張嘴喝奶，要不就是病了得看醫生，總之什麼都得用到錢，是打不了折扣的。說什麼甜蜜負荷，那只是心理上的安慰罷了，畢竟苦的時候才是最為真實不過的感受。若要爭一點存在感，那麼日常生活的痛苦便能證明。

杜家雙親與映如倒是不怕，總是將期望放在可唯與同學們所設立的廣告公司上。哪裡曉得當老闆容易，真要經營管理一家公司卻是一堆實務問題的堆疊。

因時代變遷，廣告公司亦面臨轉型與革新命運。現今廣告人的地位之所以降低，原因乃在於傳統廣告公司能為客戶提供的價值已經愈來愈看不見了。

賺錢的方式不外乎幾個層次，一是勞力；二是腦力創意；三是資源產業；四是影響力；五是以錢賺錢，好比投資理財。傳統廣告公司屬於腦力創意加以資源來賺取財富，也就是創意加上販售媒體資源。好比電視加廣播加報章雜誌的年代，廣告公司壟斷了這些媒體資源，加上廣告人學有專精，有創意，因此能夠賺大錢。然而現今時代已然轉變，網路的興盛讓所有一切全都面臨了重新洗盤的命運。

可唯與同學們所設立的公司，本就不大，加上轉型需求，其實經營得很是辛苦。映如不忍見可唯泥淖深陷，幾番掙扎思索於是有了一番新打算，她正在房裡與可唯一同商議。

「可唯，既然廣告公司經營得這麼辛苦，不如就收了吧，轉做別的。你看好嗎？」

「我是學廣告出身的，除了搞廣告還能做什麼呢？去上班也賺不了多少錢啊。」

「做點小生意啊，你以前不是對煮咖啡很有興趣？」

「那還是得有做生意的本錢哪。」

「如果，你不介意，」她小聲地說道：「我把我的存款拿出來給你開家小咖啡館。好嗎？」

「那些是妳好不容易攢下來的錢，我怎麼能？」

「跟我，還用得著這麼見外嗎？你是孩子的爸爸，只要你好我們就會跟著好呀。」

「那，如果妳跟我一起做咖啡館的生意，孩子呢，總得有人帶啊。」

「我們可以請爸媽幫忙帶。還有，咖啡館的生意你做就好，我外出另找工作。」

「為什麼？」

「分散風險吧，也不知道咖啡館的生意如何，如果我們倆全把心力押在這上頭，總覺得不太好。」

「那妳要做什麼呢？」

映如一笑，「別忘了，我是天生業務員。」

夫妻倆商議了以後做好決定，可唯打算收掉廣告公司，找適合的店面開咖啡館。映如則是遞了履歷找工作，經過一些面試以後擇定了其中一家公司，搖身一變成為一名職業婦女，轉做百貨櫃姐。

由於天生的業務天分，使她所隸屬的服飾櫃位月營業額每月皆有數百萬元，因此公司十分地看重她，委以重任。她在工作上得到了成就感，工作成績壓過了可唯，因而夫妻之間的關係開始失衡，可唯認為自己本該是映如的天，現在映如卻成了一家子的脊樑骨，婚姻的品質隨之而開始褪了色彩，甚至有些黯澹無光了。

心酸，卻不足為外人道。映如的無奈，只歆仁明白。

13

可唯除了有廣告專業以外，其實他的咖啡煮得非常好。經過一段時間尋找適合的店面開了咖啡館以後，他正好可以一展過往煮咖啡的巧手藝。

店裡的裝潢，是他與映如最喜歡的法式鄉村風格，一切皆是純白與原木色系相偕的格調，意外地潔淨迷人。最為特殊的，是店的牆面上懸有一副他與映如婚紗藝術黑白攝影裱框大幅的婚紗照。

平時工作時，他最擅長煮的就是義式Espresso，也就是以此為基底的任何咖啡飲品包括卡布奇諾、瑪奇朵以及拿鐵等。店開幕的時候，除了歆仁以外，幾名老同學亦相偕前來捧場，於是他親自站櫃，邊煮咖啡邊與老同學們一起愉悅地話家常。

「這Espresso來自義大利，其實有express之意，也就是須現點現做現喝的意思。」

一位同學說道：「那是，若是做好放著等客人來喝，冷卻以後就變酸了。」

「對。」可唯解釋地說道：「Espresso做好以後，會有一層crema，須在這層泡沫消失以前喝掉它，否則口感就不夠滑順了。而且隨著時間消逝，咖啡冷卻以後，還會增加酸味及鹹味，並不是每個人都喜歡這樣的味道。」

「但我想，」另外一位同學說道：「這種所謂不好的味道，應該還是有人很享受才對。」

「當然。」可唯說道：「各種口感味道的飲品肯定都會有人喜歡或者是討厭。青菜蘿蔔各有所好嘛。」

「還有，其實Espresso好不好喝，跟『壓力』也有關係。」第三位同學說道。

「沒錯，」可唯繼續地解釋道：「從前為了要在短時間內提供咖啡給客人，便以水裝在密封的加熱鍋裡煮沸，藉由水蒸氣的壓力就可以提升咖啡萃取的效率，不過滾燙的沸水會燙傷咖啡粉，所以煮起來的咖啡味道較苦。之後發展出以咖啡師傅的手臂來形成壓力，經過一連串的發展過程，現在的咖啡機已經可以使用電動幫浦來形成萃取咖啡的壓力了。」

聞言，幾名同學不約而同地頻頷首，同時不忘品飲杯中香醇濃郁的咖啡。

此外，可唯也沖了濾紙式手工咖啡給同學們換嚐一下其他口味。「要沖泡一杯好喝的濾紙式咖啡，須注意幾個要點，一要能控制好水溫；二要能掌控水柱大小；三則是悶蒸的時間。僅須將此三要素控制得當，那就能夠擁有一杯迷人醇香的好咖啡了……」

店開幕期間，客人倒是絡繹不絕，不過開幕蜜月期一過，生意便有些黯淡了下來。每個月扣除固定人事管銷支出以後，雖仍有盈餘，但顯然和預期的理想狀態有一段不小落差。這落差，讓可唯感到很是無力，因為不論再怎麼努力似乎還是無法彌補，迎頭趕上。努力一段時間以後，可唯有些心冷了，總在客人較少時便小酌兩杯以抒發其內心抑鬱之情。

相較於映如在職場上的得意與意氣風發，可唯的狀況不是太好，一個大男人僅能關在一家小小咖啡館裡賺一點小錢，久而久之亦於內心形成自卑。東方社會下生存的男人，大多會有某種程度大男人主義的心態，也就是誰都可以輸，唯獨不可以輸給自己的老婆；因為男人是天，是要給女人遮風擋雨的，這是社會對於所有男人的定義與期待，是以沒有任何男人能夠掙脫這個傳統框架的束縛。這樣的觀念，迫苦了所有東方社會的男人，於是男人們僅能勇往直前，而絲毫不能夠示弱，就連訴說，或者是哭泣宣洩壓力的想法、行動也不能夠。這實是生活裡無盡的悲哀。這麼想來，似乎男性壽命短於女性是有跡可循，可以理解的了。

※　※　※

晚間，可唯餵完女兒一小碗白粥以後，給她拍拍背，讓她趴在自己懷裡，然後再為她講述了幾則童話故事。他翻閱童話書給女兒講故事時很迷人，儼然一副慈父新好男人的典範。映如回到家打開大門以後，見了這一幕，心底著實有著一股暖流流過。是呀，在外頭再如何辛苦拼搏，應付客人，總還有自己一個溫暖的家，亮著一盞小黃燈，大女等待著自己回來。

可唯覺察了妻子的入門，抬眼望去。「餓了吧，桌上有飯菜，熱了就可以吃。」

她笑著走向他，「辛苦你了。」

「妳不也很辛苦嗎？現在妳是家裡的支柱，我這點辛苦算不了什麼，就算給妳提鞋倒水也是應該的。」

聞言，她有些難過。「為什麼要這麼說呢？我從來不覺得多賺一點錢就是家裡的支柱。」

「這世界是現實且勢利的，有錢的人就有發話權，即使是家裡人也是。」他不再多說，而是抱著已睡著的女兒，進房去。

聞言，她有些禁不住地落下淚來。這樣的狀況，是小我能夠決定的嗎？如果這世界能有可唯的舞臺，她絕不忍心佔據他的舞臺，她肯定會無條件地支持著他，讓他可以登上舞臺的最高處一展長才。無奈事與願違，她能如何，又該怎麼做才能既全了這個家，又能讓他心裡好受一些呢？面對這如今僅剩下義務與責任的婚姻，她的心忽感到有些滄涼了。原來，幸福不是唾手可得，也不是單方面的想法或努力就能夠擁有……

第五話　藕斷

14

天氣很悶熱，但是並沒有什麼陽光，天空一片灰濛濛的。

蕭旖旎坐於百貨公司裡某樓層的星巴克，面色木然地等待言歡的到來。

言歡手裡提著一個紙袋，裡頭裝著方才所買的幾本書。他背上揹著一個包包，緩行經過廣場噴水池，卻不慎被噴出的水柱給濺濕了襯衫，於是有些狼狽急促地走進百貨公司大樓，接著搭乘電梯上樓。

來到星巴克，言歡走進去以後目光掃視了一下，很快地便尋見了旖旎，走了過去。「抱歉旖旎，我來晚了。」

「沒事，坐吧。你要不要先去點杯飲料？」

他放下袋子與包包，掏了錢包走到櫃臺區點了一份飲品與甜點。稍後，他端著所點的吃喝走回桌案處坐下，坐於她面前。

他與她各自吃著自己盤中的點心，喝著飲品，兩人不時抬眼看向對方，但都沒有先開口說話。

面上看似輕鬆，其實心底都很清楚今天這一次的見面，很有可能是最後一回了。

她不再吃東西，目光望向窗外，長長暗暗地歎了口長氣，然後凝睇著他。「你確定，要到美國去念學位了嗎？」

他訥訥地點頭，「是，我爸媽希望我去。」

「那你呢，你自己想去嗎？」

他思索了一下，頷首。「是，我自己也想去；去看看外面的世界，去多學習一些東西，我想這對工作絕對會有好處。」

「想要學習進修，真的一定得出國去嗎？」她問。

「妳很清楚，在國內外所學習到的一切肯定不一樣。」

聞言，她沒有覆話。確實，他所言不假，但，她還得再耗費多少的青春等待他呢？而這樣的等待沒有風險嗎，值得嗎？

「如果，妳願意等我，那麼等我拿到學位回來，我們的婚照結。」

「那太久了。」

「那我們現在就結婚，然後妳陪我一起出國念書。」

「你知道，我在臺灣有不錯的工作，我爸媽也在臺灣，我要怎麼把所有一切都放下，義無反顧地陪你出國念書？」

「所以再怎麼溝通，我們之間還是有許多沒有辦法解決的問題。」

她不得不承認，點頭。「女人最珍貴的是青春，更何況我在這裡有好的工作，我真的沒辦法等你，也沒辦法全心全意地陪你出國去念書。」

「我能理解，不怪妳。」

「言歡，我年過三十了，如果再等下去，我會沒有信心的。不只是我，就連我爸媽也都希望我三十歲能夠完成終身大事，結婚生子。」

「我明白。確實不能強逼妳放下工作與父母，跟我去美國。更不能無理地要求妳非得等我回來不可。」

「所以，我們之間……，就只能這樣了。」

他拉著她的手，「旖旎，妳是我所愛過的人，曾經愛得很深，我真的希望妳能幸福。即便妳的幸福不是我親手所給，但能看見妳幸福，就算是在遙遠的國度，我還是會祝福妳的。」

聞言，她禁不住地落下淚珠來，一顆顆如同珍珠一般的眼淚，既淒美又十足令他感到揪心不已。她難過地捧著他的雙手，哭到雙肩顫抖不已。

窗外熾熱溫燻，兩人之間卻下起雪來。他們的情已鏖戰太久，死傷慘重。

一陣分手話別以後，她要求地對他說道：「這一回，請讓我先走，我不會回頭，也請你別再喊我。就讓我們靜靜地，靜靜地分開。」

「好。」說出這個字的時候，他的眼底亦落下一滴如晶一樣的淚珠。

於是她起身，揹著包包一步步緩緩地離開去了。每走一步，皆心如刀割，每割一刀便是一陣劇烈剖裂的疼痛，她的心頭因之而滲出了淋漓的鮮血來。

他們，分手了。

她踩著沉痛的步伐離開時，腦海裡浮現起李白〈秋風詞〉的詞句：

入我相思門，知我相思苦。長相思兮長相憶，短相思兮無窮極。早知如此絆人心，何如當初莫相識。

她歎息，這當下才清楚明白——原來思念並不是在分手後，而是在打算要分手的當下就已經不自覺地開始了。

15

旖旎分手以後，與歆仁閨蜜二人房裡坐於床舖上促膝長談。窗外星星被雲朵遮住，雖然看不見，但其實它們仍不停地眨著眼睛，默默地注視著這一段淒美的分手情節，女主人公的低迷心事。此時，就連月光也來湊熱鬧，潑灑了一室的迷離。

連接電腦的音箱，傳來youtube所播放，陳勢安的那首歌曲〈敗將〉。

是你闖進了我的世界
從容的登上王位
你要的我都給

不管愛的真偽
不顧一切

是我沉浸在某種氛圍
笑自己那麼卑微
臣服在你的美
以為愛有那麼一點機會

敗給回憶　敗給了你
起手無回　服了自己
是誰享受被愛　虛榮的美麗

敗在愛情　讓人著迷
當局者迷　有何關係
敗將的傷心　滅不了記憶　我輸你贏

人散了我還不肯離位
得不到的總最美

是我太自以為
哪天你會出現　我真以為
敗給回憶　敗給了你
起手無回　服了自己
是誰享受被愛　虛榮的美麗

敗在愛情　讓人著迷
當局者迷　有何關係
敗將的傷心　滅不了記憶　我輸你贏……

其實所有人，都是愛情的手下敗將，從古迄今皆如是，無一例外。這世上不論任何事情，包含愛情也是，再怎麼小心翼翼地做抉擇，還是不能夠盡如人意，進而全然地安全過關。人生，本來就是一場又一場既危險而又絢爛的「選擇遊戲」，沒有任何人能夠擁有十足十的安全境遇，必須一次次地闖關前行。

歌聲一直持續，旖旎的眼淚不停地流淌。歆仁看不下去了，抽了幾張面紙遞給她。她沒有接過，仍任眼淚宣洩情緒。歆仁心下難受，替她拭去了淚水，將她擁入懷裡。

旖旎像個被辜負的小女孩般哭道：「明明早已準備好的分手，為什麼分手的當下會這麼難受？

我不是準備好了嗎，為什麼？」

「親愛的，分手是沒有辦法準備的。妳覺得自己準備好了，但其實分手根本還沒開始。等它開始的時候，所有的準備都成了無用之物。」

「我該怎麼辦，怎麼辦？心好像被炸成了一個大窟窿。」

「兩個方法，一讓時間治療妳；二讓下一個男人治癒妳。」

16

旖旎很快地便有了下一個男人，但這所謂「下一個」男人其實也是上一個男人，那就是她的初戀情人江颯英。

歆仁與颯英是相識的，原因是這男人原為閨蜜的男友，一些節慶餐敘總能遇上。分手以後，旖旎與言歡交往，原以為他二人能夠走向婚姻，無奈人生總有預料不到的情節，言歡即將出國深造，因此給了這段基礎不錯的情感添下了劇烈變數，導致最終須走向分手一途。

颯英自歆仁處知情旖旎的狀況以後，由於心裡對她尚存有幾分殘情，目前單身的狀態下，便對她展開一連串溫馨接送情的熱烈追求。一般男人追求女人，若是太高調、攻勢太強又或者是太黏膩的方式，大多會令女人卻步，甚至逐起高高的防備之牆，但輕柔保守到太無感，亦無法使女人感知甚或是清楚確認，這是女人這種生物在情感接收上十分特殊之處。因此追求的重點訣竅也就在於要從生活面滲透，要輕巧、緩慢、溫柔，但又不能使人無感或是令女人霧裡看花，如此才能讓女人不知不覺中卸下所有防備，進而接受。由於颯英是旖旎「熟到不行」的熟人，因此他的任何攻勢皆不會被旖旎太過於防備甚或是婉拒，基於需要療傷的情形下，她自是敞開心扉以迎接他的情感。

颯英時常接送旖旎上下班，不時噓寒問暖，奉送餐食，權當司機，甚至是一個很盡職溫柔的情緒垃圾桶。一個失戀的女人，正需有人好好地疼愛關懷，這時間點上，颯英的進入很合宜很順利，因此不久之後兩人便舊情復熾，決定重新在一起。由於有過先前交往的情感基礎，雖然之前的交往僅一年多，但這一年多的時間也有足夠的基本認識了，於是旖旎很快地便接受了颯英的求婚，答應嫁給他。

婚後不久，旖旎覺察身體有異，上網掛號以後前往婦產科看診，醫師檢查以後告知懷孕喜訊。這當下她既驚且喜，回家之後做了一桌子好飯好菜，等著颯英下班回家一同用餐，然後再告知他這樁天大的好消息。

兩人用餐時，她有點欲言又止，他覺察了，停下吃飯的動作凝睇著她，問道：「妳一整個晚上都怪怪的，是不是要跟我說什麼？」

她笑了，回道：「其實只是想告訴你，你快要擁有另外一個新身分了。」

聞言，他有些不解地蹙了下眉宇，看向她。

「我的意思是，你應該要趕緊學習怎麼當一個好爸爸。」

意會過來，他驚訝地張大了嘴巴。「是真的嗎？」

她含羞地笑了笑，「去醫院確認過了。」

十月懷胎，辛苦生下了女兒，夫妻倆都感到非常開心幸福。一個與自己血脈相連的下一代，身上擁有與自己相同的基因，流著相同的血。這種感覺很神奇，她注視著懷裡的小女嬰，感到無比幸福。

他接手抱過女兒，仔細溫柔地說道：「小寶貝，乖乖睡，有爸爸保護妳喔。」

女兒甫出世，他十分疼愛，然而嬰孩的容貌有變，月份再大點的時候，與出生時有些不同了。每每他抱在懷裡，凝視著女兒，總覺得她與自己長得不太相像。但，是真的不太相像，抑或是他自己的心魔作祟？畢竟妻子與言歡的感情曾經十分堅定，在兩人分手不久後他與她便復合並且結了婚。以時間上來算，當然心知這孩子百分百是自己的親骨肉，然而只要一想到她與言歡之間曾經的情感，心裡便又有些妒忌的火焰，正細細地燒烤著他肉做的一顆心。

因此，他時不時就會問妻子說道：「旖旎，其實，妳是不是很希望我們這女兒的爸爸，是言歡？」

正給女兒哺乳中的旖旎回道：「知不知道你在胡說什麼？」

他走了過去，坐於床沿，仔細地凝視著她。「難道，妳一點都沒有想過嗎？畢竟妳與言歡差點就步入了結婚禮堂。」

她歎了口氣，「女兒都出生了，你跟我說這樣的話，是不是太不尊重我們的婚姻了？」

「妳跟他相戀是事實……」

「是事實，我沒有騙你，是你自己要再回過頭來追求我，難道我有拿刀架在你脖子上，迫你追我娶我進門嗎？」

是，妻子所言不假。但，他究竟是怎麼一回事，心裡竟會對於妻子的前情感到如此硌硌的不舒適，連他自己也覺得有些懊惱甚至是厭煩不已。他不再多言，起身並且轉身離去。

17

今天晚上，旖旎與颯英差不多時間，一前一後地下班回家了。由於時間已晚，因此旖旎買了些餐館簡單的飯菜帶回家，拎進廚房以後安置在碗盤裡，然後一一地端進飯廳置於餐桌上。

颯英放下自己的公事包，換了居家休閒服後來到餐桌前，看著一桌子的飯菜，有些沉吟。旖旎端來兩碗飯，置於各自的座位面前，準備吃飯。

他拉開椅子坐下，舉箸正要用餐，忽停下問道：「妹妹今天不帶回來嗎？」

她也坐下，回道：「爸媽說今晚可以幫我們帶，明天週六再去帶回來。」

他點頭，開始用餐，邊吃邊說道：「妳今晚買了這麼多菜，就我們倆，根本吃不完。」

「吃不完放冰箱，明天再吃。」

「有些菜隔夜了不好，吃了不健康，到時候還不是得倒掉？」

「知道了。」她有些不悅，但並不多說。

「妳自己也在外面工作，很清楚賺錢不容易，食衣住行這樣浪費，我看了都捨不得。別忘了，我們這房子還有貸款。」

「家家都有房貸，又不只有我們。何況偶爾吃點好的犒賞自己，也沒什麼不好呀。」

「但我看了還是捨不得。這樣吧，從明天開始妳將生活上各項開銷都分類記帳吧，好比伙食、雜支、房貸、交通費……等等。我們要學會控制自己手頭上的現金，不亂花。」

「知道了。」她有些不耐煩地回道。

從此以後，他對於生活費用的掌控十分嚴謹，認知裡不該花的儘可能要妻子別亂花。她有時候對自己好些，想上餐館、想約他一起逛街看電影，他總是婉拒居多。見她如此「犒賞」自己，他不太能夠接受，因此開始與她之間的每一筆消費都算得清清楚楚。但是他沒有意識到，當夫妻之間算得這麼清楚的同時，其實就是距離拉大的開始了；而「距離拉大」即是情感疏遠的最大危險。無形的距離，遠比有形的距離更傷更折騰人心。

下班回到家，他見餐桌上置放了幾杯紙杯裝飲品，有些不太開心。「妳這幾杯飲料是要自己喝的嗎？」

「一杯給你。」她說。

「我不需要，我從不喝手搖飲料妳又不是不知道。」

聞言，她有些不悅，因此將飲料收起來全都放進了冰箱的架子上。

「妳買飲料的錢是自己的還是用我們日常的共同基金？如果是用共同基金的話，記得記帳。還有，別忘了將一半房貸拿給我，我已經先墊了妳的那一半了。」

萬事提到錢，總是最傷感情的，尤其是夫妻。她很是不悅地朝他嚷道：「你太誇張了，我到底是你老婆還是你室友？」

「我如果沒有這樣約束，妳能省錢嗎？」

「我們有差這幾個錢嗎？」

「不該浪費的就是不能浪費……」

她搶白，「到底是在過日子還是在坐牢？夠了，我受夠你了。在跟言歡交往之前跟你交往一年多，從來不知道你是這麼小家子氣的一個人，如果早知道，打死我也不會嫁給你。」

「妳說這話什麼意思，後悔了？覺得言歡比較好？」

「對，」她不是賭氣逞強，而是肺腑之言。「言歡比你好太多了。我不想跟你生活，我要離婚。」

聽見她的話，他不禁怒從中來，於是上前扼住了她的手腕。「不可能！如果妳要離婚，那妳就永遠看不見女兒。」

「你敢，」她的聲音因害怕而顫抖，「怎麼可以？」淚水鬥敗似地落下來。

「妳可以試試看，看我敢不敢？」情份沒了，只剩下輸贏。太諷刺。

※　※　※

與歆仁坐在茶館裡，桌案上雖置有一壺醇香的茶湯與古典的杯，但旖旎無心品茗賞藝，只是噙著淚水不言不語，凝視著窗外然後如一尊雕像似地發起獃來。女人在傷心的時候很傷，但那種傷帶有淒美，可謂傷得很美。如若傷是美的，那麼生命應該也是美的才是。都說女人是美麗與哀愁並蓄，因此若全是幸福，那就不是真正的美了。有了缺憾，那才是真美。

歆仁貼心地為她斟滿茶，伸出手去順順她手臂，似是安撫她的情緒。「喝茶吧，涼了就不好喝了。」

「我的心，都涼一半了，還能有什麼可以捂熱她？」

她攬過她抱在懷裡，「妳想怎麼做，我都會支持妳。」

她拉著歆仁的手說道：「如果可以，我真的想離婚。但，他居然拿女兒來威脅我……。妳知道，當媽的最在乎的就是自己的孩子，拿這點反制我，讓我不能離婚，根本拿他一點輒也沒有。不懂，這樣相互傷害的婚姻，留著還有什麼意思呢？」

「還是，」歆仁小心地問道：「妳想跟他打官司？」

她搖頭，「沒勝算，他既沒有犯錯又有經濟能力，我怎麼可能贏？」

「為了女兒，那，只能忍下來了。」

「婚可以不離，但這男人我是愛不下去了。我要帶女兒回娘家住。」

與歆仁見過面以後，旖旎果真帶著女兒搬回娘家去。

颯英知情以後，只是打了兩通電話過去關切孩子的狀況，之後夫妻倆便再沒有太多聯繫。只要不鬧離婚，他倒也不堅持她一定得回家住，既然要回娘家過，那麼便全任憑了她。

18

有點陽光，於是半掩上窗簾以阻擋驕陽。窗臺旁桌案上的花瓶裡插有玫瑰花，花瓣上淌有水珠點綴，閃亮如鑽。因簾子阻擋了光線，是以她們能夠得到暫時的憩息，美麗尚且能夠短暫延續。

旖旎在房裡，餵完女兒喝奶，順順她的背然後拍嗝，待她打嗝了以後便將她安置在床鋪上安睡。她輕拍著女兒的胸口，雙眼所淌盡是慈母疼愛。雖說婚姻並未如預期中那般幸福美滿，然而只要女兒能在身邊，與自己一同生活，即便沒有丈夫疼愛，她亦能夠感到安心與滿足。

桌案上的手機和紘忽然響起，引起她的注意。她走到桌案旁拾起手機一看，螢屏上所顯示之來電者為「言歡」。她有些詫異與不解，但還是按下接聽鍵。

「喂……」

電話彼端的男聲說道：「旖旎，是我。」

「言歡，你怎麼會忽然打電話給我？」

「回臺灣度假，想說好久不見了，不知道妳過得好不好，所以打通電話問候妳。」

聞言，她禁不住紅了眼睛、酸了鼻子，喉頭也難以自抑地跟著滿了。她無法說話。

他是瞭解她的，即便沒能面對面，然而僅透過電話仍可感受到她的情緒。他有些擔心地問道：「妳過得不好？」

她理了理自己的情緒，儘可能地控制好自己的聲線。「我，我還好。」

「妳不能只說『還好』，因為我想聽見的是妳說——『我很幸福』。」

淚水不爭氣地滑落，她毫無思考能力，亦無法言語了。

兩人約好在那家歆仁與閨蜜時常去的法式鄉村風格的咖啡館，見面。

他們所坐的位置臨窗，是以窗外柔和的光線能夠斜射入窗，明亮卻不顯張揚強勢。一旁的一座大吧臺，裡頭幾名服務生正忙做飲料或者是料理餐點，因此替他們有效地阻擋，是以室外的行人絕對無法直視室內的他們，這讓他們感到安心不少。吧臺前則是許多張法式風格的餐桌椅，一旁還有兩處安置沙發，其上有著許多白與乳白或者是鵝黃色調的小抱枕整齊地疊放。

室內空間的色調是鵝黃與雪皚色的，一如旖旎帶有點滄白的心情。

言歡坐在她面前，很是心疼，亦很內疚。「沒想到江灑英沒有善待妳，我原以為妳與他婚後應該會很幸福。」

她搖頭，「不去想能不能幸福的事情了，只要跟女兒可以朝夕相處，能夠看著她、陪著她成長，我已心滿意足。」

「旖旎，對於妳的婚姻我不能夠幫上什麼忙，但，我唯一可以做的就是陪妳說話，聽妳說話。如果妳沒有樹洞，我願意成為妳的樹洞。」

她的眼底浮起一層淚水，回道：「謝謝你。」

於是言歡時常藉由通訊軟體，與旖旎互通訊息，關心她的日常生活還有情緒。因此她若有什麼好壞心情，則會藉之向他傾訴。線上的溫度，溫暖了兩顆孤寂無力的心。他們的互動，日漸頻密，有一種萬劫不復朝地獄裡墜落的態勢。

每每言歡回國，亦會騰出時間約旖旎見面，陪陪她，給予她關懷。

有一回，他帶她來到他們從前所共居的小屋，其實就是一層一房一廳一衛的小房子。他雖前往美國念書，但這房子是自己以前攢下的積蓄所添購的，他將它保持得很是完整乾淨，一如從前。

「你沒有把房子租出去？」她問。

「太多回憶，租不出去，我擔心租的人會粗暴地破壞了所有回憶。」

她沒有多說什麼，而是目睹眼前的一景一物，所有過往的甜蜜歡愉全湧上心頭。

他走向她，右手扶著她的右腮幫子，凝睇著她。

她感受到溫暖與情愫，同時亦感受到痛楚。

他攬過她的頸項，細細柔柔地吻上她的唇。

沒有天雷勾動地火，只是彼此的相互慰藉與珍惜……

不久之後，她因感冒前往醫院看診。就在她以為只是小感冒打針吃藥就能痊癒的當口，醫師卻帶給她一個令她亦不知道該如何處理的消息。

「蕭小姐，妳已經懷孕兩個月了喔。記得要定期回來做產檢。」

聞言，旖旎有些被打醒了。她懷有兩個月的身孕了！她很清楚地知道，這孩子的父親是言歡，而不是自己的丈夫江颯英。

第六話　圍城

19

焦承鈞與潘朵雅坐在客廳沙發上，窗外有點細雨斜打窗玻。灰撲撲的天空，泛著一點蒼白。

朵雅從包包裡拿出一張照片遞給承鈞，承鈞接過一看面色如土。是一張胎兒的超音波影像照片。

「我懷孕，已經快三個月了。」她看向他，有些小心翼翼又擔心地問道：「你，打算怎麼辦？」

「妳希望，我怎麼做？」

「知道你是不婚主義，只談戀愛不負責。我也不是黏膩的女生，如果你不想要這孩子，那我可以去打掉。」

「妳爸媽知道嗎？」

她點頭。

「他們都已經知道了，那我們還能有什麼選擇呢？」

「如果你真不想結婚，不想有小孩，我的爸媽我自己來應對。」

「妳這麼說，好像我是一個沒有擔當的人。」

「那，你到底想要怎麼樣？」

是啊，他到底想要怎麼樣？又不情願負責，但不負責又感到有些於心不忍，有點說不過去。這是頭一次他覺得自己委實糟糕透頂，明明是自己一次的不小心，後果卻要女方「全權」來承擔，這向來不是他一貫的作風。可是從以前到現在一直秉持不婚的他，現在卻必須因為一個即將到來的孩子而踩進婚姻的圍城裡，他又怎麼能夠甘心呢？

某天晚上，他與歆仁約定，前往她的住處喝茶閒聊。來到她的居處以後，她請他上樓，為他沏了好茶，備妥了甜點與水果以招待。

奉子成婚這件事情之於他，實在是破天荒。他雖優雅品茗姿態，眉宇間卻堆疊成了一座小山，就連眼神也都是黯淡無光毫無色彩的。

「歆仁，妳覺得我真的要結這婚嗎？老實說我很清楚自己並沒有很愛朵雅。」

「為什麼沒有很愛她，她不好嗎？」

「她沒有不好，只是我覺得她並不是我這輩子所該相遇的那個『對』的人，當年跟她交往只是拿她當是失戀空虛的填補品罷了。」

「不覺得你這種心態很可惡嗎？朵雅是個人，不是物件。」

「我知道，」他一如做錯事情的小孩，有些悔不當初。「有時候明明知道自己是錯的，但好像無力去扭轉錯誤，只能任憑它流膿發爛。」

「現在不管你跟朵雅各自的心情究竟如何，重要的是必須解決孩子的問題。你有勇氣去面對朵雅的父母，說明你希望朵雅拿掉孩子的決心嗎？」

他遲疑著不說話，顯然是不敢面對。

「相信朵雅的爸媽很快就會上門找你，如果你有勇氣面對她的父母，那就把孩子打掉，如若沒有，就是結婚。」

「我在想，除此以外還有沒有第三條路可走？」

「這件事情沒有第三條路，你別想鑽縫隙。」

果真不久以後，朵雅的父母親找上門來，要與承鈞議談孩子的事情。迫不得已的情形下，他只得允諾迎娶她進門，然後安安分分地當一名負責任的人夫，開始為了妻子家庭，付出所有心力。

婚後七個多月，朵雅順利地為他誕下女兒，接著是兩個兒子。然而婚姻之中他儼然僅是一具沒有靈魂的軀殼，如同守護家庭的機器人，每月賺錢貢獻給了家庭，亦將大半時間全給予妻子與兒女，卻沒有一點屬於自己的時間空間，有一種好似不為自己而活的感覺。常聞人言，婚後培養感情不是沒有可能的，因此他曾試著想要與妻子培養兩人間的情感，但總覺得她似乎少了一點什麼，或許是彼此共同的話題少了；個性雖不至於形成衝突，卻也沒有十分契合；她滿足於現狀，而他則是如此野心勃勃；他期望妻子是個能夠進得了廚房，上得了廳堂的得體女性，但顯然她只願意照顧自己的廚房，沒興趣進廳堂，且還樂在其中……

待在婚姻的圍城裡久了，他也想要走出城門去透透氣，然後看看城外久違的風光景致如今可好。他時常，如是想。

20

承鈞是個喜歡美女，非常外貌協會的男人，且他所愛的是那種智慧又兼具知性美的美女。公司裡，雖不能說所有女性同事皆如是，但總有幾名女同事確實擁有這樣令人心儀幾近完美的條件。與妻子的婚姻本就先天不足，未料再加上後天失調，情況不好不壞最是令人難以忍受，因此公司的美女同事多成了他的遐思與男性心理慰藉，他躲進遐思裡頭，精神出軌卻是完全不犯法，至多是言語與眼神上跟女同事相互的撩撥曖昧，可謂十足安全。

一個偶然的機會，承鈞與公司秘書余安軒被安排前往上海一同出差。

安軒事先訂妥商務艙機票與兩間酒店客房，安排好所有參訪行程與飯局，便與承鈞各自攜帶行李與拉桿箱，搭乘計程車前往機場報到，辦理託運行李等手續，接著於候機室裡頭候機，準備搭乘航班。

兩個多小時的飛行，終於抵達上海浦東機場。承鈞與安軒打了輛車前往下榻的酒店，然後稍事休息。這天晚上原本與某位吳姓總經理有個飯局，無奈吳總臨時有事無法前來，因而這餐飯僅剩下承鈞與安軒。

兩人不辜負這美好夜晚時光，以犒賞自己的心態，各點了要價不菲的牛排餐與紅酒，進而優雅閒適地用起餐來。館內有些霓虹與投射燈光，將氣氛點綴得十分浪漫。餐點美味可口，氛圍令人鬆泛，於是兩人也多喝了幾杯紅酒。席間，安軒竊竊地凝睇著承鈞，這是她頭一回如此近距離地與他接觸。她的眸光觸及他的眉眼鼻唇，驚懾於這張俊俏臉龐竟是如此魅惑撩人，且眉宇間一股英氣逼人，加以他成熟穩重的男人味，使得心儀他許久的她，險險有些難以自持。不自覺地，自己的臉竟有些赧紅了，她急忙地低下頭來、刷下眼睫，努力用力地控制著自己早已暗潮浮動的情愫。

他似乎發覺了她的不自在，於是笑問：「妳酒喝多了，好像臉有點紅。」

「是嗎？」她不自覺地摸摸自己的臉頰。

用完餐，他偕她前往櫃臺買單，然後離開。

他們相偕走在徐匯區繁華的街道上，因是商業區所以車潮川流。此時此刻，人聲鼎沸，城市裡光燦閃亮，宛若童話故事裡的黃金世界。

「不介意走段路吧？想說方才我們都喝了些酒，走路吹吹風，可以退一下酒氣。」他說。

「嗯，散散步也挺好。」她回應。

兩人之間忽然有點靜默的小尷尬。這種尷尬來自於彼此皆覺得有些情愫的暗潮，著實令人臉紅耳熱。

走了一小段路，她忽小腿抽筋，於是吃痛叫了一聲「啊」。

他留意了她的不適，關切地問道：「怎麼了？」

「抽筋了，我一旁坐一下。」於是他扶著她，讓她坐在路邊的椅子上。

她試著彎身，以雙手揉搓自己的小腿。

見她疼痛十分，他想幫忙卻似乎有些不方便。

她揉了好一會兒，抽筋的小腿肌肉有些鬆緩了，她的表情也才跟著緩和下來。

他坐在她身旁，仔細紳士地問道：「好點了嗎，能不能走？不能走的話我們搭計程車回飯店好了。」

見他關懷著自己，她一時有些難以自持，於是投入他寬大的懷抱裡以尋求慰藉。

面對她這突如其來的舉動，他著實有些嚇了一大跳。

「知道你是高階主管、是有婦之夫，我本不該這樣。但焦總，我沒有辦法自欺欺人。只求你，能夠讓我靠在你懷裡五分鐘，只要五分鐘就好。」

待在婚姻圍城裡的他，本想走出城外透口氣，未料此時此刻竟有佳人主動投懷送抱，一時之間他的心海掀起了洶湧劇烈的波濤，自己似乎已然陷溺而毫無氣力能夠壓抑克制得住。心被撩揉得騷癢酥麻了，他該怎麼辦？難道真要墜入萬劫不復的地獄嗎？他懵了，也茫然了。

終於，他禁不住地拍拍她的背脊，沒想到拍撫她背脊的手掌心竟驟有電流強烈地聚集，然後竟是以雷霆萬鈞之勢衝擊著內在，是如此滾燙熾烈而難以抵禦。

第七話　悼情

21

場景回到易宅，所有人一起守圍桌案的團圓飯飯廳裡。

「那承鈞呢，真跟他的秘書發展婚外情了嗎？」易父好奇地問。

「沒有，他還是懸崖勒馬了。雖然我不認同他的感情觀，但在這件事情上他處理得還可以。」歆仁回覆。

「哇，」德仁說道：「他是柳下惠嗎，現在的男人做得到『坐懷不亂』的，已經很少了。」

「很少不代表沒有。」歆仁笑，然後看向雙親。「我個人並非不婚主義者，但若說結婚的對象，還得細細選、慢慢挑，清楚自己想要怎麼樣的婚姻生活，朝著那樣的方向去發展會比較好些。很多人對於婚姻其實並未有清楚意識，因此使得婚前甜蜜，婚後卻因想法個性不合而成為怨偶。相信爸媽並不希望我落得這樣的景況。」

「妳說得沒錯，但老爸還是很希望妳能夠趕緊找到適合的對象結婚，有個伴侶能夠相互陪伴。」

「這倒是。」崇仁笑道：「看爸媽跟哥嫂，婚姻很幸福呢。」

「是啊，」歆仁頷首微笑，「爸媽相識於微時，彼此個性相容又互補，一路相濡以沫，且多年以來一直擁有美好的婚姻生活。哥哥跟嫂嫂的婚姻也很不錯，這實在是我們一家人的幸福。但……，在我們家之外有成千上萬的怨偶排著隊想要走出婚姻的圍城，多到令人無法計數，所以『寧缺勿濫』才是我所欲追求的清楚目標。」

除夕夜因守歲，是以歆仁與德仁、崇仁、嫂嫂以及姪兒姪女們在客廳裡玩橋牌、桌遊或者是觀看賀歲電視節目，好不熱鬧。

易家兩老也陪著兒女孫兒看電視節目並且一同玩鬧嬉戲，一家人一齊守歲，十分平凡卻很是幸福。若要說婚姻是愛情的墳墓，大抵是太悲情也太悲觀了。但它可以是愛情的升華，親情溫暖的發展，一點也不為過。

年節期間的電視節目不外乎唱唱跳跳、說說笑笑、新春如意、萬事吉祥，看著看著易家雙親也著實累了，於是便向兒女孫兒們道了聲晚安，早早地回房歇著了。

節目頻道不停地轉換，看來看去總是差不多的格調，歆仁也有點倦了懶得守歲，便自沙發挪動身子起身。

「大哥大嫂，崇仁，我有點累先去睡了。你們繼續守歲喔。」

「好，」崇仁眨眼地說道：「我們守歲，把妳的份也順便一起守了。新年快樂，晚安。」

「嗯，」歆仁笑道：「那就大家晚安囉。」語畢便轉身回房去了。

22

回到房裡，歆仁挑了換洗的衣服進浴室裡洗了個熱水澡，再上了點保養品，然後走出浴室躺在床鋪上。歆仁雖覺有點累，然而躺上床鋪仍未立即入睡。她凝視著天花板好一會兒。老家保留了她從前住在家裡時的閨房，一切陳設布置猶若往昔。她喜歡在熄燈以後盯著天花板瞧，因當年粉刷牆面與天花板所選用的是特殊夜光漆料，熄燈以後天花板隱匿的星星反而會點點柔柔地顯現發亮，因此黑夜裡賞之頗令人感到優柔美麗，可謂十足浪漫的格調。

而後大約睡神是真的上了身，因此翻了幾個身以後她便沉沉地睡去。入睡以後，她做了一個夢；夢裡，她著了一身古典鳳仙裝，坐於滿是書冊簇擁的桌案前，一旁燃有寧心靜神的沉水香，有硯有墨，旁還安置了一個筆掛，其上懸有幾枝毛筆。她卻提起鋼筆寫得一手漂亮的硬筆字。正在作詩，信手捻來，宛若水袖搭著蓮花指揚揚揮灑，飄逸秀麗。那皚皚紙箋上寫道：

問：這荒塚裡埋葬的究竟是誰？
墓碑上的姓名早已風化磨滅，
西風雲彩荒塚前掠過，
埋葬不知名的亡魂，
從不享祭掃的慰藉。

星子說，那荒塚裡的亡魂，
紅塵眷戀三百年，
到如今，不捨離塵，
在夜謐的荒街裡愁恨躑躅，
淒清的夜半游移挪徙，
月下窗臺前聽著琵琶的呢喃。

這是誰的孅孅手指，
珠玉落盤的琤瑽，
蹩指撥彈紅塵的宮商角徵，
一聲聽，踰越著幽魂神靈俱銷的無形，
揪著，再不放過。
原來，那一聲弦子的揪緊，
是魂兒生前所眷戀的倩兒，從初一，到十五。

作完詩，她將書有詩作的紙箋以所燃的火苗化掉，然後對著化掉的灰燼雙手合十虔誠地祈禱。
接著，她聽見留聲機傳出了張艾嘉所填詞演唱的歌曲〈最愛〉，那歌詞唱道：

紅顏若是只為一段情　就讓一生只為這段情
一生只愛一個人　一世只懷一種愁
纖纖小手讓你握著　把它握成你的袖
纖纖小手讓你握著　解你的愁　你的憂
自古多餘恨的是我　千金換一笑的是我
是是非非恩恩怨怨　都是我
只有那感動的是我　只有那感動的是你
生來為了認識你之後　與你分離
以前忘了告訴你　最愛的是你
現在想起來　最愛的是你
以前忘了告訴你　最愛的是你
現在想起來　最愛的是你
紅顏難免多情　你竟和我一樣

留聲機的樂音與歌聲仍持續，夢境卻回到最初的相遇。那年他們甫相戀，他並不太常牽她的手。相偕並肩走在街上，總是隔著一個拳頭卻又令人心動的距離。

她問道：「為什麼不牽我的手？」

他別過臉去看向她，仔細地說道：「一旦牽手，就不能放開，是一輩子的事情了。」

她懂，也明白他。即便向他再次保證，他還是害怕。

終於，她主動將自己的手放進他手心裡，然後說道：「是的，一旦牽了，就要牽手牽情，走一輩子。」

他們真正走在一起了，身偎著身、心貼著心、手亦連著手。他們彼此瞭解，懂得對方。

他對她說道：「既然牽手了，那麼我對妳的愛，會一直到死亡將我倆劃開的那一刻才停止。」

一個男人，對一個女生做出如此深切承諾，要有勇氣、要有擔當，要確認自己所尋找的，是「對」的人。

一個女人，要接受這樣的愛情，更需勇氣，因為不容改變、不許後悔，要確認「他」是自己一生之中所追尋的真情摯愛。

夢境一轉，他成了透明的靈體，踰越所有阻礙，移山倒海扭轉乾坤地走向她，費盡一身最後一絲氣力。他深情地守候著她，守著她吃喝、守著她行走、守著她坐臥、守著她入睡，即便緣份已盡，他對她的愛並未因此而稍有停止。

忽有天音顯現，對著她說道：「上邪，我欲與君相知，長命無絕衰。山無陵，江水為竭。冬雷震震，夏雨雪。天地合，乃敢與君絕……上邪，我欲與君相知，長命無絕衰。山無陵，江水為竭。冬雷震震，夏雨雪。天地合，乃敢與君絕……」

她看不見他，卻明顯地感受到他的陪伴與擁抱。她不停地哭泣，哭泣，哭到嘔心泣血，腸翻胃絞，最後撕心裂肺，哭倒在浴室的地板上。但，除了她自己以外，沒有人知道，沒有任何人知道。

第八話　守靈

23

接著夢境場景驟然一轉來到了一處靈堂。視線往靈堂前方一瞧，一片玫瑰花海簇擁著一張表情神采飛揚的照片，底下則是逝者棺柩。兩旁繫有一些絲白色緞帶或者是紗幔，給了肅穆哀沉的場景多添了幾分溫暖柔和格調。

緩緩地步入靈堂內，尚能聽見桌案上的音響流轉著很是輕柔的詩歌樂曲。一切皆已布置妥當，再不久便將舉行告別式。

蕭時男於靈堂外徘徊，他見歆仁就坐於逝者棺柩旁陪著。他很想上前安慰她，但是他不能亦怯懦，因此只能眼睜睜地目睹她傷心難過。她面無表情沉穆地默坐於棺柩旁，德仁與嫂嫂則是相偕地上前。

「歆仁，都守了幾天幾夜了，不休息會累垮的。」德仁勸道。

「是啊歆仁，不然我們先去吃點東西吧。嗯？」嫂嫂也說。

歆仁仍是紋絲不動，像尊雕像一樣默坐著沒有任何舉動。

德仁看不下去，朝妻子使了眼色，於是夫妻倆扶著歆仁起身。歆仁像是一具沒有靈魂的肉身一樣任由他人攙著，走了出去。

見歆仁隨哥嫂離去，時男這才上前行至棺柩處，欲向逝者致意並且做最後的一回巡禮。他於逝者靈前駐足良久，眼神逡巡既傷心且眷戀。

忽然地，靈前一支iPhone-6手機竟玎鈴玎鈴地響了起來，劃破了原本的肅穆靜謐。手機驟響，時男確是有些驚惶，被驚嚇了一大跳。他有些害怕，胸中不停地擂鼓，幾番遲疑躊躇，最後還是忍不住地接起了那通電話。

「喂……」時男顫抖著聲音回應。

電話彼端是一名啜泣的女聲，幽幽的聲音透著無限悲淒。她並沒有說話，只是如同小提琴拉奏的樂聲似，細細嚶嚶地涕泣著。

時男聽見這幽柔的哭聲，完全能夠體會她宛若被剜心蝕骨般的痛楚。他不說話，亦無任何慰藉，只是安靜地透過手機陪著她一起掉眼淚。他明白，此時此刻說些逝者已矣的話，並非同理心的展現，而是根本不痛不癢。無言沉靜的陪伴，才是最好最溫柔的陪伴。

時男手裡仍握有那支iPhone-6，手機聽筒裡淒然嚶泣的女聲仍舊持續。

明明咫尺之距，可是光陰宛若凍結，好似千重山萬重水一般無法踰越。不知過了多久，一隻手悄悄、悄悄地趨近，卻又驟然且勁道十足地於時男的臂膀上猛地拍了一下，嚇了他一跳，於是手中的手機不慎地掉落在地面上。他急忙地離開。

這是一場不發訃聞、不收奠儀、不行公祭的告別式。稍後，參與告別式的極少部分親友陸續地現身，幾乎每個人都是逝者生前十分要好的同事同學或者是頗富交情的友人，他們各自找尋位置一一坐定。一個人的逝去，能夠贏得家人與親近友人的眼淚及思念已然足夠，可謂不枉此生。

24

約莫半小時後，是歆仁神情哀淒地進入會場。她的眼角尚飾有方才哭泣時的剔透淚珠。她遠遠地看見靈堂桌案底下，那支掉落的 iPhone-5 手機，上前將之拾起，靜靜地凝視著它，整個人似乎出了神。看著手機，她腦海裡泛起方才被哥嫂攙去休息室休憩時的畫面：

靈堂外家屬休息室，歆仁坐於椅子上休息。嫂嫂遞予她一瓶牛奶，她喝了幾口，便憶及很久以前與男友一大早步行去早餐店吃蛋餅、喝豆漿的往事。

歆仁邊哭邊憶及男友生前，為她點了燒餅與豆漿，為自己點了蘿蔔糕、蛋餅以及米漿的事情。一會兒以後，一位阿姨將他們所點的早餐送上桌案，然後離去。

他們開始吃早點，洋溢著幸福。

「你知道為什麼我吃燒餅不點油條嗎？」她問。

他笑搖頭，「不懂，應該妳是奇葩。」

她笑著打了他的臂膀一下，「才不是，是因為油條的熱量太高了。」

「那燒餅難道就不高嗎？」

「燒餅比油條好些吧，油條可是下油鍋炸的呢。」

「妳這麼嚴謹控制熱量，就怕發胖對吧。」
「是呀。我要是胖了，你可得嫌棄我囉。」
「才不會，就算是妳胖成了小母豬，一樣愛妳。」
「貧嘴，花言巧語。」雖如是說，但她心中洋溢著小女人的小確幸。

思緒一轉，又憶及從前每回與男友外出等公車時的情景。

太陽的光線很毒辣很囂張，總是無情地荼毒著人間，讓很多水分人間蒸發。他笑著對她說道：「歆仁，陽光很大，妳坐在候車亭底下的椅子上休息，我來等車就好。公車抵達，我再叫妳。」

「那你太辛苦了。」

他笑，「不辛苦，不讓妳被太陽曬黑呀。」於是他便立於候車亭外等公車。

他站於她身前，深情地守護。她永遠忘不了他那守候的姿態，凝睇著他，那守候的頎長身影，斜敧於候車亭側的高挑燈柱，然後朝前綿延伸展。金色陽光簇擁著他，他的姿態自此印在她心底，形成一幅雋永的攝影圖片，定格在她眼前。

原來，最佳仰角所見到的，是凝視著他守候自己時的形體，既不會近得令人窒息，又能隨即地觸手可及。這就是愛情最適切的距離。

又有一回她向他抱怨地說道：「真的很不公平，你情史這麼豐富，你最精華的歲月，都留給了她們。我呢？」

他不同意她的抱怨，說明道：「我雖把最精華的歲月都給了她們，但『最好的我』，早已儲存起來留給了妳，這是她們所沒有的呀。」

聞言，她笑了。

他卻說道：「換我抱怨了。」

「你要抱怨什麼？」

「妳也把最精華的歲月，都奉獻給了妳的前男友們。那我呢？」

她不答反問：「你覺得，我好嗎？」

他點頭，「妳很好啊，聰明慧黠，理性感性兼具，溫和善良，寬容大度，不鬧脾氣不使小性子，對我又這麼寵疼，」他掐著她的鼻尖，「最棒的女朋友。」

「那就是了。如果你覺得我這麼棒，那你可要感謝我的前男友們，因為是他們把我教育成現在你所喜歡的這個樣子喔。」

他笑了，擁她入懷，與她磨挲著鼻子，雨點式地親吻著她。情愫，在四唇貼合交纏之中，曖曖暖暖地流淌。

最好的，留給最愛的。後來，她才懂得。歲月，將一個人淬成了最好，宛若一座寶山一樣，耐心尋味。

再有一回她遲了一些時候下班，那日驟雨暴襲身上未有帶傘，公車下車以後她只能獃在站牌候車亭裡以等待雨歇。

那晚，本不知要等候多久才能緩停，未料竟見他打著把傘急促而小跑步地跑過來，衝著她笑道：「就知道妳沒帶傘，所以來接妳了。」

她驚喜極了，說道：「你怎麼會過來，時間掐得太準了。要我如何感謝你？」

「如果真要感謝我，那就……」

她揚了揚眉宇，凝睇著他。

「親我一口，趁月黑風高的時候。」他在她耳畔細細輕輕地說著。

她笑開了，「壞！趁人之危，趁機索吻。月亮肯定代我懲罰你。」

他不管，噘著嘴以等待她的降落。

她見四下無人，便湊上前去吻了他一口。

兩人笑開了，相偕走在斜風遽雨裡，行蹤迤邐串成美麗的珍珠。她緊緊地攬著他手臂，像是攬著全世界的幸福一樣，絕不鬆手。

第九話　往昔

25

有一回，歆仁必須代表公司去見一名很重要的客戶，便著了一套正式衣裝，同時也化了一個非常得體時髦的妝容。

那日早晨，她坐於窗臺底下的妝鏡前化妝，勻面、畫眉、戴上假睫毛又畫了眼影。

他進房，她將妝容亮給他瞧。那是他頭一回見她戴著假睫毛。他的眼睛發亮，笑了笑說道：「很美很漂亮，像洋娃娃眨巴眨巴的大眼睛一樣。」

「你喜歡嗎？」她問。

「喜歡，很好看。」他不喜歡她塗唇膏，只點唇蜜就好，模樣清純可人。

見完客戶回到家，她有些累了，回房換了衣服，再進浴室卸妝去。洗臉的同時，她看著鏡中的自己忽玩心一起，便揚聲大喊了一聲：「啊——」

……

等了很久，等不到他前來解救，她有些不解，亦有些懊惱。出了浴室走出房間，她來到他眼前，沒好氣地問道：「剛才我大叫，為什麼你沒來浴室裡看我究竟發生了什麼事情？」

他一臉老神在在，說道：「妳的大叫是裝出來的，肯定妳沒事，所以懶得理妳。」他睨了她一眼，不再多說。

她不依，嬌嗔地搥打著他的臂膀。「怎麼可以，不管我怎麼叫，你都應該要來看我一下的呀。萬一我真發生了什麼事情，那可怎麼辦？」

「我從妳的叫聲就可以判斷妳發生了什麼事情，根本不用看。」

在此之後，每每她一有尖叫聲，他總能準確無誤地猜對她的狀態，總在她發出尖叫或者是大叫的當下問道：「又什麼東西掉啦？」、「又有蚊子囉？」、「怎麼了，是跌倒了還是撞到了？」

有一回，她正在鏡前修眉，卻不慎被修眉刀給狠狠地劃傷了手指，血流如柱的當下，痛得忍不住而驚天動地大大地尖叫了一聲「啊——」。他二話不說，即刻來到浴室裡為她止血裹傷。

他很認真地愛她，視她若珍寶，總是用心地去解讀她的任何狀況。如此被深愛的她，在那當下，真真正正，是這世上最幸福的小女人了。

26

一起去超市購物，他推著推車正在撿選食材。忽然，他與她身邊有一位年輕的母親推著購物車經過，其上坐有一個很萌很稚嫩的小女孩，正在自言自語，眨巴眨巴靈動的大眼睛抬起來看向她的母親。

他的雙眼發亮似地，盯著那小女孩瞧。「妳看，那妹妹好可愛喔。」

她順著他視線的方向看過去，那女孩果真是個萌娃娃。

他笑著說道：「如果我們中了彩券，變得很有錢，那我們就生一個女兒。」

「你喜歡女兒，不要兒子？」

「嗯。女兒比較貼心、會撒嬌，會跟爸爸像情人一樣。」

「那你覺得要中多少獎金，才算是有錢呢？」

他側頭想了一下，笑道：「一個億。」

聞言，她哈哈大笑。「那你作夢好了，作夢比較快。」

「那可很難說喔，搞不好我們真中了一個億。」

「我呢，不作白日夢，這權利留給你。我還是老實工作，有空兼寫稿子比較實際。」

「人生不容易，有時候作作白日夢也挺美。不是嗎？」

「別作夢了啦，你不是要換購嗎？」

他笑了笑，掏出口袋裡的集點卡。「我們集的點數快達標囉，到時就可以換購兩隻大頭狗寶寶給妳啦。」

「真的？」她開心極了，兩邊嘴角上揚，形成了一個歲月靜好的弧度。「我們這次的換購，集點集很久了，真的很不容易。」

「妳不覺得，耗些時間跟心思換購的絨毛娃娃，比用現金直接買還要有意思嗎？這是耐心與毅力的訓練，當妳拿到集點換購的娃娃時，心裡肯定會很滿足、很珍惜。」

她咧著嘴笑了，露出一排貝齒。

在此之後，他換購了拉拉狗、大熊寶寶，也曾在臺中市逛街時，發現一家批發商，在那兒購買了幾隻小熊維尼系列的娃娃給她。他們雖然沒生女兒，卻仍擁有了很多可愛的寶寶呢。

27

六月，戶外窒熱溫爈，雖是在家中吹著冷氣，心底仍是浮躁難耐的。

推開窗戶，見窗臺上的綠色植物皆已苟延殘喘，歆仁去取了些水來給植物們潤潤，餵他們喝喝水。抬眼看向天空，那金黃色球體的威力可謂不容小覷，依舊熱力十足，她因而感到有些無奈。

近午時分，他忽拉住她，對她說道：「我們去貓纜好嗎？從來沒有帶妳一起去過。」他一時興起。

她想了想，點頭。「嗯，好啊，其實我一直很想去。」

於是他倆自基隆搭車前往臺北，再轉乘公車來到貓纜。到了貓纜以後，他前往購票，然後偕她排隊等候，準備一會兒好上纜車車箱。終於輪到他們上車了，踩著愉悅興奮的步伐，他們一同踏上了某個水晶車箱。

坐在水晶纜車車箱內，最大特色且最震撼人心的，莫過於車箱內的底板是透明的，低下頭來即可直接透視腳底下萬丈之深的綠色深壑，感到非常驚心動魄亦很是令人震奮。車箱內，他與她一邊閒聊一邊俯視深壑，可謂極視聽之娛，游日騁懷，抒展心情。

「好可怕！」她透視著山壑，語氣驚愕。

「不覺得很刺激嗎？」

她閉起眼來，不敢再往下瞧。「不敢看了，我腳底發軟。」

見她閉上眼睛，他反倒笑了。

那天午后下起雷陣雨，纜車在高空中因雨勢頗大而搖晃不已，眼看著斜雨已攔不住而粗暴地打進纜車車箱內。

雨勢有點急大，她因之而大叫起來。「雨好大，我們沒有帶傘，要被淋成落湯雞了。」

「淋濕了好啊，好過癮！」

「感冒了就不過癮啦……」她雖如是說，但其實難掩興奮情緒，兩人被急雨淋得直大笑，好開心好快樂。

那是他們倆頭一回一同去貓纜，積累了多麼美好的回憶。只是後來……

28

搭完纜車以後，他們前往臺北市區，於最熱鬧的東區尋了一家他們所愛吃的港式飲茶餐廳用餐。選定座位，點好餐點以後，所有美食被侍者給一一地送上桌案，兩人始動箸，吃得津津有味。

他最貼心的不在於點了她所愛吃的食物或點心，而是在於用餐過程每一細節的照顧。他總貼心地挾菜給她，生怕她少吃了什麼會餓著肚子似的。

遇有茶飲湯品，他便會問道：「要喝湯嗎？」、「要喝水嗎？」、「要喝果汁嗎？」

她點頭說：「好。」

他定會親自起身為她裝盛，關懷照料之情溢於言表。

今日所點的餐，有一份蝦蟹類食物，他便紳士地說道：「我幫妳剝殼。」然後便體貼周到地開始動作，為她剝蝦殼、去蟹甲，再將肥美鮮甜的蝦肉、蟹肉置放於她的瓷碗中。

有一回與閨蜜促膝夜話，她將男友貼心之舉說予閨蜜們聽，她們都很羨慕她，總說道：「那麼好的男人，打著燈籠也未必找得著。」

他的廚藝不差，會做東坡肉、會蒸口感絕佳的烏魚子，會燉牛肉、燉藥膳排骨、煎蛋餅，會做很多樣好吃的美食。只要是她想吃的，他定二話不說地就點頭答應，為她展現廚藝。會做菜的男人，總有一種溫柔溫暖滿溢的魅力。

見他技巧嫻熟地做菜，她問道：「為什麼對我這麼好，哪天我不愛你了怎麼辦？」

他笑了，「就算妳不再愛我，我還是會愛妳，直到生死將我們阻隔。妳是我一輩子的歆仁娘娘，我願意當娘娘一輩子的奴才，侍候妳。」

她的心很甜很甜，甜到化不開似的。心下想道：「傻瓜呀你，我怎麼可能不愛你？只是逗著你玩的，順便撒個小嬌。這一生，還有誰能夠做得到如你這般，死了都要愛我呢？」

她深深覺得自己很幸福，因為他的轉身、回眸、起念與指動，都是為了她。

29

他們有三、四年的時間住在基隆，因為兩人的工作都在臺北。歆仁老家住臺中，在臺北工作，所以每月固定一小段時間會返回臺中。

那天休假，歆仁早已購好巴士車票準備返回臺中。他貼心周到地送她前往車站候車。兩人邊等車邊說話，簡單的情節卻是他與她之間的小確幸。

每每當她欲踏上國光號巴士時，他總於車站站牌底下，眸光戀戀不捨地目送她，然後一直朝她揮手，直到司機快要開車了，她以眼神示意，要他回去，他才終肯離開。

記得有一次，他陪她於車站內候車時，她驟起玩心，便對他說道：「親愛的，問你喔，你敢不敢在這裡吻我呢？」她心下臆測，他肯定不敢，所以才會如是問。

他沒有回覆，而是四下望了望，確認沒有任何人注意的當下，便蜻蜓點水般，速速地往她唇上啄了一小口。

她睜大了雙眼，不可思議地注視著他，心下想道：「未料你真膽敢於光天化日之下行親吻之情事！」她甜甜地笑了，還不饒人地在他面前一直嚷道：「吼～～」。

他因之而害羞，她其實也有點兒不好意思，因為擔心不小心被一旁乘客或者是路人給瞧見了，怕人家會笑話哩。祕密被別人給瞧見了，是多麼難為情的一件事情啊。情愫的密秘，只能藏匿於他與她的心中，各自知曉才是。

在此之後，他們有過好幾次的車站吻別。這是他們這輩子所一起做過，「最瘋狂」的一件事情了。她心想，這精彩美麗的情節，即便往後彼此皆已化成了灰燼，也一定還鑿刻於心版上。甜蜜的回憶，足以支撐著所有人繼續勇敢地向前走。因為有了這些幸福扉頁，人生的歲月相本才得以如此充實。她心甘情願，馱負著這些沉甸甸的記憶扉頁，直至光陰老去，在歲月的旅程裡留下印記。

30

那天，天氣很好，歆仁等在臺北車站的新光三越百貨前，邊等邊注視著手機螢幕上所顯示的時間，已經十三點半了。她不停地向四周張望，只見行人來去匆匆，該來的人卻遲遲尚未現身。歆仁有些犯嘀咕：「說好了下午一點在這裡碰面，到現在都還沒有見到人影？」她有點小小生氣，「每次都遲到，真討厭。」

她又等了幾分鐘，實在是有些受不了了。

未料此時，新光三越大樓旁的另一幢大樓，他一個人卻獃獃地站在那裡。行人不斷地自他面前或身後穿越急行而過，他仍一臉茫然地獃站著。

新光三越前的她，忽想起了什麼似的。「明明跟他說好，在新光三越百貨前等的，該不會是搞錯幢，跑到隔壁大樓了吧？」

她抬起眼來，看向矗立眼前幾十層樓高的大樓。此時晴空之中的太陽很是耀眼。望著大樓，她不禁興歎。「這裡的大樓看起來都有點像，唉，他該不會是真的搞錯了吧？」

於是她走到新光三越旁的大樓，四下張望，果真見他就這麼默默地站在那裡。她上前去拍了他一下，他轉過身來。

「真讓我給猜對，你居然走錯幢了？」她感到不可思議。

他一臉無辜狀，「等妳很久了耶。打妳手機，好像收不到訊號。」

「打你手機，也是一樣啊。」她說。

「不是說在這裡等的嗎？妳去哪兒了，我等妳半個多鐘頭耶。」他一臉很是委屈的樣子。

聞言，她幾乎就要翻白眼了，拉著他的手，走到隔壁幢的新光三越大樓，然後注視著他。「親愛的，」她強調似地以食指指著「新光三越白貨」六個大字。「這一幢才是『新光三越』大樓好不好？你根本就搞錯幢，等錯地方了。」

他的視線，順著她所指的方向，看見「新光三越百貨」六個大字，於是臉上似寫了一個「冏」字，很糗的表情。

「你只會傻等，都沒想到要走到隔壁幢大樓去看看？」

他很無辜地說道：「想說，剛才等的那幢大樓應該就是新光三越啊。」

她笑開了，卻又遏制著笑意地看向他。「看來還是我比你聰明。人的思考不一定是垂直的，有時候也要訓練自己擁有水平思考。ＯＫ？這裡等不到人，手機又聯絡不上，那就不該一直站在這兒傻等，要動動身子，走到旁邊去看看的呀……」

他仍一臉很糗的樣子。

她瞥了他一眼，開始扼止不住地笑。一路上她一直笑一直笑，揶揄著白白等待了她那麼許久的他。他感覺糗極了，所以默不作聲。

但她心裡仍溢滿著甜蜜，雖白白地浪費了這麼多的時間讓人感到十分傻眼，但這就是他的執著，他的死心眼兒，他的情癡，他最可愛的地方呀。因此這一切暖暖的如同靉靆雲霧，在她心裡頭盤桓縈繞，驅之不散。

第十話　春寒

31

二月天，春寒正料峭。雖是無雨，可冷風依舊長了刺兒一般地鑽進窗門，亦鑽進人們衣袖的空隙之中偷暖。

天空灰撲撲的，毫無暖色。街上亦灰滄滄的，似乎所有一切皆尚未甦醒，仍沉睡著毫無意識。

凌晨三點鐘，兩人皆尚未入睡，一起坐於沙發上透過網路觀賞影片。他習慣抽菸，菸癮犯了便起身走到窗臺前去吸了幾口，然後再回到沙發處坐下。才一坐下來沒一會兒，他便感到胸口不適有些疼痛。他捧著心口，面容因痛楚而顯得有些猙獰。

見狀她有些擔心，便湊前扶著他問道：「還好嗎，哪兒不舒服了？」

他揮了下手，示意沒事。「只是胸口有點兒疼，沒關係，休息下就好。」

「不行，」她回道：「胸口疼表示心臟有問題。走，我陪你去醫院。」

「不用了，我以前也曾經這樣，休息休息就沒事了。」

「不好吧？這不是小事。」

「沒事兒，妳別大驚小怪。」

「真不去看醫生？」

他搖頭，接著直接躺在沙發上休息。

見狀，她歎了口氣，也不好再勉強。於是說道：「如果有什麼狀況，要跟我說喔。真不行的話，我們就馬上去看醫生。」

翌日。

屋裡，滿是飯菜香，那是他親手所做的愛心餐點。歆仁吃完他所做的午餐，進浴室裡準備洗髮，下午有事必須外出，是以得將自己的儀容衣妝整頓一番。

他站在浴室外對著裡頭的她說道：「妳不是有個稿子要校稿嗎，我幫妳。」

「你不忙嗎？」

「今天假日，沒事的，我可以。」

「那你找一下電腦桌面的資料夾，『清宮歷史』那一個就是，第十八章。」

「好。」於是他來到她的電腦前，坐下來慢漫地尋找桌面「清宮歷史」資料夾。終於找到了，他以游標點選打開來，尋了第十八章的稿子再點開，接著開始替她校稿。

她在浴室裡取來洗髮精塑膠瓶，按壓了一點在手心裡搓揉，然後抹在頭髮上。她看著鏡子裡的自己，慢慢地以雙手搓洗頭髮，邊洗邊玩著手心裡與頭髮上的泡沫好不快樂。揉淨以後以溫水沖洗，慢慢地將髮上的泡沫給沖走。嘩啦啦嘩啦啦嘩啦啦，帶有泡沫的水流直往洗手臺底下的孔洞裡流去，如同光陰歲月一去不復返似地，亦如同很多事情即便耗盡了所有氣力仍是無法挽回一樣。

沖洗乾淨以後，她取來乾毛巾擦了擦頭髮，再取來吹風機開始吹乾。

吹髮吹到一半時，她忽聽見客廳裡，他的大叫。吹風機未關，仍轟轟轟地於她耳畔大聲地怒吼咆哮。她注視著鏡子似聽見了他的大叫，莞爾了一下，以為是他惡作劇想要惡整她，努努嘴索性毫不搭理，繼續地吹頭髮。

待她吹好頭髮，打扮好以後出了浴室來到客廳，見他整個人癱在沙發椅背上，微眯著雙眼，眼神渙散，口吐白沫且毫無任何動靜。見狀，她嚇了一大跳，不知這究竟是怎麼一回事，於是跪於他身前趴在他胸膛，輕輕地搖晃著他說道：「到底怎麼了，你睜開眼睛看看我，別嚇我，我膽子小禁不起嚇的……」

她不停地呼喚，毫無任何作用。眼看著他沒有任何動作，心下感到慌涼，大大地覺得不對勁，於是便顫抖著雙手取來話機撥打１１９。電話接通以後，她雖心慌卻仍強抑著說道：「我需要救護車……」

撥完電話以後，她雖心焦卻仍深呼吸以鎮定自己。她來到他面前，跪著並側耳諦聽著他的心音，一聽，心下格登了一下，為什麼親愛的心跳會如此微弱不振？不、不、不，他應該只是心累了，所以跳得慢了些。即便如此安慰自己，她仍不自覺地以手指探了探他的鼻息……，天啊，沒有鼻息了，這是怎麼一回事？不是一個好端端在她面前說要協助她校稿活跳跳的人嗎？究竟是發生了什麼事情，怎麼會如此？他的鼻息去了哪裡，鼻息究竟去了哪裡，難道前往外太空旅行了是嗎？不，她心想，他的鼻息一會兒經歷救護人員急救以後，肯定會回復的。

不到十分鐘時間，救護車已在樓底下。她以遙控方式開啟樓下大門讓救護人員上樓來，進了客聽以後立即開始為他緊急施救。

她站立一旁觀察，完全幫不上任何忙，形同一個廢人一般僅能乾著急。

兩名救護人員現場CPR急救，說著一連串她聽不懂的術語。見此情狀，她心下略為有數了，但她仍不願相信，因此自欺欺人地對自己說，只要一會兒載往醫院急診室急救，肯定沒事。過去不也曾聽聞過很多瀕死生命，死而復生的例子嗎？她相信她的他，肯定也是如此。

兩名救護人員動作了一會兒，又再說了一兩句OHCA[1]之類的術語，然後便開始動作，要將他給抬上擔架，搭乘電梯下樓去。救護人員叫上她，一同搭乘救護車前往離她住處最近的醫院去。他被推上救護車以後，她一躍跟著坐進去。一路上救護車鳴笛「哇嗚哇嗚」地響著，聲聲皆緊緊地揪著她肉做的一顆心。她不能掉淚，不能軟弱，此時此刻沒有任何人能夠幫助她，唯有自助自強，唯有勇敢堅強才能夠戰勝所有一切。所以不，她絕對不能夠軟弱，她不能。

抵達醫院急診室以後，他被推下救護車，以火的速度衝進急診室。她被攔在救護室外面，不得入內。她孤孤單單一個人，毫無支援地等在走廊上，走廊好大好長好涼好白，對比之下顯得她好弱好小好無奈。天，好冷、好冷、好冷。上帝在天庭裡往凡塵的方向注視著她，她的身子好小好弱好無助好徬徨好無依。此時此刻，所有亂七八糟的可能性都在她的腦袋裡頭演繹過千百遍了。沒有結論。

四十分鐘過去了。忽然，救護室大門被打開來。

1 其義為：到院前心肺功能停止（Out-of-hospital cardiac arrest，簡稱OHCA），更確切來說，是泛指病患抵達醫院前便已出現了「死亡」症狀，如呼吸終止、心跳停止、瞳孔放大……等。

一名護士小姐上前，「易小姐……」

歆仁聞喚，回眸凝視。「我是。」

「真的很遺憾，我們急救了四十分鐘，還是無效……，妳現在，可以進去看看他。」

護士小姐所說的「還是無效」四個字，像是被擴音器放大了一樣，不斷地在歆仁腦海裡頭迴旋飄盪，邈然遠去。什麼叫做「還是無效」，意思是他就這樣失去了生命，離開世界了是嗎？

她踩著絕望的步伐走進救護室，只見他安安穩穩地躺在病床上，沒有任何一絲動作亦無鼻息。她上前，見他仍雙眼微瞇，似乎只是睡著了，不像是失去生命跡象的樣子。可仔細瞧他，他的眼裡沒有靈魂，也沒有了她。她冷絕了，一顆心猶如置於宇宙間最為滄涼的無人境地。她無可置信，怎麼會，怎麼會如此？她轉身趴在牆面上想哭，可奇怪的是為什麼一滴眼淚也掉不出來，為什麼？

她傻絕了，整個人落進地獄裡去幾乎萬劫不復。稍後，她勉強集中自己已然渙散的思緒，一一撥打手機聯絡了男友的母親與兄弟。不到一個小時的時間，驟然歷經了大喜大悲，情緒轉折過於劇烈愕然。猝不及防、太過於猝不及防，她的心為此而創傷了，腦袋根本有些反應不過來，整個人因而呈現有些遲頓獃傻的狀態。

稍後，她被前來調查的刑警帶往警察局調查男友的死因順便做筆錄。還一併返回家中，做了些簡單初步的堪驗，主要是因亡者於24小時以內意外死亡，是以必須釐清其真正死因。

晚間，男友的母親與兄弟皆至，母親在救護室外聽聞噩耗以後號啕大哭，悲慟不已。人畢竟是離開了，一切便已進入調查程序。稍後，所有親人包括歆仁，一起送亡者進入醫院位於地下樓的安靈室以安置。而後，步出急診重症大樓，男友的母親與兄弟同她攬來一輛計程車，欲一同搭乘以返回她與他的居處安歇。

三人上了車，司機問道：「小姐，要去哪裡？」

「回我住處。」歆仁失魂落魄地回覆道。

「請問居處的地址？」司機又問。

「地址是……是……」地址是什麼，是什麼呢？她明明很清楚所居之處所在何處，卻遲遲無法說出口。是的，就住在那裡，那座他與她所共組的小公寓。是啊，地址呢，怎麼說不出口了呢？她確定自己絕對沒有失憶症，但為什麼一串簡單的地址她竟無法說出口？她忽意識到，腦袋裡「居處方位」與「語意表達」之間的那條線不是秀斗就是斷掉了。她竟講不出自己住家的地址來，於是只能心慌不知所措地發著獃。

司機見狀頗覺得怪異，但男友的母親很清楚此時此刻歆仁已是理不清自己了。

翌日法醫驗屍，相關人等必須到場，包括歆仁。男友被抬至地面上躺著，醫護開始剪碎他身上所有的衣物堪驗……。很殘忍、很衝擊的畫面，令人目睹以後「永世難忘」。原來，肉體沒了靈魂以後，一點尊嚴也沒有了，僅能任人宰割，無法抗議。

男友的母親在現場撕心裂肺、肝腸寸斷，悲慟號哭，場面委實哀悽不已。歆仁沒有哭，一滴眼淚、一個悲慟的表情也沒有。她冷眼旁觀這一切，像是這件事情與她一點干係也沒有。這是防衛自己心靈的一種解離狀態[2]嗎？不知道。

2 「解離」其義為一種心理防衛機轉，當受到劇烈心理創痛、傷害或者是壓力時，透過個人的意識，或者是短暫性的行為改變來迴避直接且重大的傷害，以緩衝情緒可能性的崩潰。

相驗以後法醫說應是急性心肌梗塞，如若欲知確切死因則須解剖方可瞭解。母親不願愛子再受解剖之苦，於是不求甚解了，不求了，沒有任何意義，一點意義也沒有，他再也回不來了不是嗎？

第十一話　回憶

32

歆仁男友的母親做了決定，在不到一週的時間內辦妥喪事。不發訃聞、不收奠儀、不行公祭，只少部分近親舊友聚於靈堂裡為亡者送行。老母親心想，就讓愛子靜靜地離去吧。應該也說，喪子之痛自顧不暇，已毫無心思招呼任何前來弔唁的親友了。

歆仁畢竟不是未亡人僅是「女友」的身分，是以沒有任何對於喪事的決定權，一切仍交由男友的母親做決定。她僅是提供住宿，讓所有人往返醫院能夠方便一些。

自從男友離世以後，歆仁夜裡盯著天花板一直無法好好入睡，飲食則更是毫無胃口，不消幾日便顯得更為清癯而蒼白。她被悲傷折騰得宛若紙片人一般，模樣看來著實令人深感可憐。一日清晨她起床洗漱時，從鏡子裡發現自己的頭皮竟悲傷地竄出了幾根白色髮絲。她沒有驚慌，只是無聲哭泣，淚水若河汩汩。如此年輕若她，所經歷的竟是一夜白頭的人間至慟？天啊，這令她情何以堪、情何以堪哪？曾經的幸福，之於現在的她而言竟成了最不幸？

※　※　※

從過往的記憶回到現實，歆仁不住地哭了。此時此刻她好想好想，與男友再說說話，可如今他已離開絕塵而去，即便她再如何地想與他傾訴，或者下一回她忘記帶雨傘，卻再也等不到他打著傘前來接她了。一思及此，她的悲慟若排山倒海而來，慟得她簡直無法自己。

休息室內，她掏出包裡自己的手機，撥著男友的 iPhone-6 手機號碼，即使等不到人接聽電話，哪怕只是諦聽著他生前的語音留言，她亦能感受到些許慰藉。那些過往的記憶，在心底在夢裡，未曾遺失，既能安慰她，亦足以使她霍地崩潰落淚，嚶嚶涕泣。

意識回到靈堂前，歆仁注視著方才所拾起時男的 iPhone-6 手機，仍被逼出了一長串如珠如簾的淚珠。她喃道：「時男，你走了，剜走我半顆心。你怎麼可以，如此狠心？」

此時樂音已下，蕭時男的告別式就要開始了……

火化那天，天空很藍、陽光很耀眼，一切美好得與現實完全不符，可謂不切實際。歆仁與男友的母親、兄弟，及其他寥寥無幾的親友很早就來到火葬場。

來到時男的棺柩前，只見擺置於眼前的遺照，照片裡他微微的笑容顯得迷人可掬。一旁時男的母親復又開始號哭不止，其他同行者則忙上前攙扶並而安撫。

「蕭媽媽，不要這樣哭，妳哭，時男會走不開的。」

「蕭媽媽，逝者已矣，要節哀保重身體啊。」

歆仁則是靜靜地來到棺柩面前，注視著躺在裡頭的他，然後以她的孅孅細指順了順他的眉毛。他的模樣好看極了，宛若生前，令她心儀，十足怦然心動。她心下想道：「謝謝緣份讓你我相識，對的時間、對的人相互邂逅，你我彼此都撿了對方，相互寵愛。記得你曾經說過，你會愛我直到生死將你我阻隔，你確實踐諾了，就在替我校稿的稿子底下離開人世。這般相愛一場，我何其有幸。但你知道嗎，你這殘忍撒手一走，我又何其不幸？如若你天上有知，怎會忍心如此？但不論如何，請你放心，去你該去的地方吧。我，我一定會好好照顧自己的。親愛的，真的請你放心離開去吧。如若有來生，紅塵有緣，願我們能夠……再續前緣。」

一行人送著時男的靈柩來到火化遺體的火化爐，前來協助的教友一番送行祝禱，其餘眾人則是低首且雙手合十跟著祈唸。禱告以後，棺木被推了進去，一旁有人揚聲地大喊道：「火來了，趕緊離開——」火便真的來了，始吞噬那個屬於他的棺木，盡頭則是灰滄滄的灰燼。

歆仁終於哭了，落下剔透淚珠，珠淚載負著沉重的悲傷，潑墨似地滑落臉龐。她悲慟地含淚相送，永生不見。「永生不見」四字，在她心底揚起了邈遠而去巨大的聲響，幾乎將她吞噬，一點殘骸也不剩。

火化的時間約兩小時，差不多的時候，見火葬場等候處的電腦螢幕上show有「蕭時男已火化」六個字。歆仁的心，隨著這六個字碎成了齏粉，消失不見幾乎已神形俱滅。而後，一行人前往平安園，時男的骨灰終於得以安置墓穴，至此面海長眠安息於此。

「時男，我愛你。不論再疼再愛，至此終需一別。再見了再見。」歆仁於心底默默地對他說，並將她先前所寫好的一首首句入韻的七言絕句，與他的骨灰罈一併地置入了墓穴之中。

滿院黃花展倩妝，
霞華映蕊泛流光；
摘香尚待清明日，
軫悼君魂篤念長。

33

歆仁一個人在家。

曾有時男的家，如今空蕩蕩，冷清清，餘的僅有回憶罷了。她憶及從前曾送給他一本現代編纂收錄的宋詞，裡頭錄有宋朝李清照那闕詞〈聲聲慢〉寫道：

尋尋覓覓，冷冷清清，悽悽慘慘慼慼。乍暖還寒時候，最難將息。三杯兩盞淡酒，怎敵他，晚來風急？雁過也，正傷心，卻是舊時相識。

滿地黃花堆積。憔悴損，如今有誰堪摘？守著窗兒，獨自怎生得黑？梧桐更兼細雨，到黃昏，點點滴滴。這次第，怎一個愁字了得？

絕對完全是她此刻的感受，分毫無差。這痛、這愁，誰人知曉、誰人能消？不，沒有任何人能夠幫忙消除得了，畢竟，這是她的人生功課。

午后，兩位好姐妹聯繫了她，說是要來家裡探望她，順便給亡者唸經迴向。她現在所想所思的，是冀望他在另一個世界能夠安好，是以只要是於他有益的所有事情，她皆一概允諾。

好姐妹相偕到來，她無心準備餐食，反倒是好姐妹自行攜帶了一些蔬果美食一同享用。餐後，她們將時男的遺照安置於桌案上，三人圍坐，開始唸經迴向。她並非佛教徒，對此不甚瞭解，僅知好姐妹所唸誦的應是心經與往生咒之類的經文。

過了不多久，教會的朋友表示欲前往舉行一個安息禮拜。她應允，當日迎他們於居處讀經講經吟唱詩歌，為亡者遠去的靈魂安然作禱。

人都離開了，只餘歆仁獨自在家。她坐於電腦前，注視著他生前為她所校好的稿子，心碎落淚。她從不知曉自己的淚珠竟可有這麼多這麼滿，猶若珠串自眼底垂墜落下，十分淒美。她忽領略了一個道理，原來疼痛可以美得如此揪心，美得令她獨一無二，是不是她生來就是要歷經這許多哀愁？Youtube的視頻，傳來姚若龍與小蟲填詞譜曲，黃鶯鶯所演唱〈葬心〉一曲，那歌詞細膩哀怨，歎息似幽幽地唱道：

蝴蝶兒飛去　心亦不在　淒清長夜誰來　拭淚滿腮

是貪點兒依賴　貪一點兒愛　舊緣該了難了　換滿心哀
怎受得住　這頭猜　那邊怪　人言匯成愁海　辛酸難捱
天給的苦　給的災　都不怪　千不該　萬不該　芳華怕孤單
林花兒謝了　連心也埋　他日春燕歸來　身何在
天給的苦　給的災　都不怪　千不該　萬不該　芳華怕孤單
蝴蝶兒飛去　心亦不在　淒清長夜誰來　拭淚滿腮
林花兒謝了　連心也埋　他日春燕歸來　身何在？

她愈發覺得孤獨，孤獨得令她的心都開始顫抖了。見椅背上披著他生前的一件外套，她便起身取來他的外套披在肩頭上，假裝是他強而有力的擁抱。沒有人護住她，她僅能以雙手擁抱著他的外套與自己，然後哭道：「如若花一年時間愛上一個人，要花十年才能遺忘，那麼親愛的，我究竟得花多少年才能夠忘記你？」她哭著搖頭，「不，不能忘記，寧可因記憶而痛苦，也要償還你這一世的深情。」她始回想這輩子所有的戀情，給她愛的男人不少，甚至為了成就她，他們以自己的生命為柴薪。她究竟是誰，又何德何能，竟得以讓這些人如此這般地成就她？唯一合理的解釋，是她存於這世上肯定有一個與生俱來所該執行的使命，所以他們必須成就她，義無反顧。這，是她的宿命。

34

自從他離世以後，她便睡得不香不好。躺於床舖上輾轉，總是盯著天花板直到天亮。沒有知了陪伴、沒有星星月亮照看，僅她獨獨一人。

一天晚上，她索性抱著被子來到客廳，然後躺在那座三人座沙發上，閉目養神。無法入睡，即便是數羊亦毫無用處。她唯一能做的就是緊閉雙眼，讓自己得以休息罷了。

閉著的雙眼眼前，一片漆黑，什麼也看不見。她好似被關在黑黯裡，愈縮愈小。

忽然，她看見時男輕悄地來到沙發前，坐於她身旁，沒有太多情緒，僅說道：「親愛的，妳好好睡，不要傷心，因為我會每天陪著妳。」

她愣然地睜開雙眼，然而眼前卻什麼人影也沒有，僅一旁的小時鐘滴滴答答。她並未入睡，不是作夢，亦非夢醒之間，所以很真確地能夠覺知這一切既不是幻聽也絕非幻覺，而是真真正正地見到了他，聽見他對自己所說的話。可為什麼，她一睜開雙眼他就不見了呢？遍尋不著人影，她感到自己正被盤旋揮之不去的愴然失落所包裹，甚至是被前所未有的沮喪所吞噬。

心痛到碎了，她開始縫補，一針針、一回回。補過的心，坑巴巴，醜巴巴。

※　※　※

喘不過氣，心跳時快時慢，歆仁的心臟出現不適症狀，就連眼皮子也一直跳個不停。

易父易母從臺中大老遠地搭車來到北部，前往歆仁的居處探視她，見她身體不適，十分擔心失去伴侶的事情會帶給她太大衝擊，因此兩老便打算暫時留在這裡照顧並且陪伴她。

在兩老的半勸說半威脅之下，掛了病號以後歆仁由兩老陪同前往醫院看病，同時遵醫囑做了一些身體方面的檢查。

診間，醫師看了檢查報告以後，對她說道：「易小姐，妳的檢查報告完全沒有問題，可妳身體又很不舒服。我可以問一下，妳近期是不是有什麼壓力，還是發生了什麼事情，或許有可能是身心症。」

歆仁這才恍然，於是木著一張臉回道：「最近，男友猝逝。」

醫師一聽瞭然，叮嚀地說道：「我建議妳轉診精神科，小心自己別犯了憂鬱症喔。」

「我精神又沒有毛病，為什麼要看精神科？」

「易小姐，妳誤會了，我並不是說妳精神有病。臺灣的精神科醫師受過專業的心理治療訓練，而且可以開藥給病患，所以妳若心理上有任何障礙，都可以找精神科醫師稍微聊一下。若需再更深入的諮商，那麼再找心理醫師看診。心理諮商無法給藥，且費用偏高，所以先請精神科醫師衡量一下再做決定。」

「好的，知道了。謝謝醫師。」

「加油，希望妳儘早恢復一切。」

歆仁活成了一個活死人，她的日子開始不人不鬼。白天工作的時候，戴上一張幹練俐落正常人的面具，夜間回到住處的時候摘掉面具便開始盯著時男的遺照掉眼淚，有時還會哭嘔到不支倒於浴室地板上。她像是受過特工訓練一樣，可以將自己清楚完全地切割成為三等份：一份給公司工作、一份給家人朋友、一份給兼職的文字工作。如若不熟識她的人，則全然不知她才剛經歷了一場人間至慟，歷劫以後從地獄裡活回來。她其實並不喜歡自己變得如此，這不像她；不像那個凡事積極向上，充滿希望而又奮鬥努力認真的她。

於是，她聽從醫師的叮嚀，掛了精神科醫師的病號看病去。她正在尋訪生命的出口，她想走出去，然後振奮起來。

「易小姐，妳有什麼問題呢？」精神科醫師問道。

「我，因為近期男友猝逝，我的心情很糟很糟，糟到曾有一瞬想了結自己性命的念頭滑過去……」

35

歆仁向公司請假在家。她坐於床鋪以筆電追劇。不論大陸劇、韓劇或者是華劇，都追。三餐不外食，亦不烹煮，而是吃泡麵或者是微波調理食品以果腹。她床鋪旁的小桌案上堆疊了幾個泡麵空碗，以及兩個餅乾空紙盒，凌亂與寥落似乎更平添了幾許惹人憐傷的愁楚愴然。

屋外有風，沒有太陽，灰滄滄兼之白茫茫。

她注視著螢幕上所搬演的戲劇，體會所謂戲如人生。而真實人生有些戲碼，則遠比電影或者是電視劇還要更為震撼、更加衝擊。看著戲，情緒隨著劇情或哭或笑或悲或喜，然她已分不清楚自己的哭笑悲喜究竟是因為電影電視劇的情節又或者是為了自己？

追劇的進展十分熱烈，從白晝到黑夜，從黑夜到凌晨，再從凌晨直至黎明。日復一日、復又日復一日，她藉此以折磨肉體，肉體的痛苦能夠消磨意志，如此便能夠消滅心靈上的痛苦。這是一劑猛藥，但也會是十分有用的特效藥，只是，它的藥效通常都不會太久，必須一直陷入輪迴，宛若吸毒。

追劇追累了，她不支倒下，倒臥在床鋪上沉沉地睡去。

她安然地躺睡，睡得極為香甜。有幽微的光線自窗簾細縫間漏進室內，微風則是輕輕地拂動窗邊的窗簾，像頑皮的小精靈。光線刺醒她，她睜開惺忪雙眼，未料竟見時男就站在自己眼前。她驟然地起身，注視著他。

「你回來了，真的是你回來了？」

他沒有說話，只是將手伸向她。

她掙脫身上所覆的被子站起身來，將自己的手交予他。

他並沒有帶著她馮虛御風，只是微微地翻動意識，場景便隨即轉換，來到了一處有陽光、有樹、有花、有綠茵草地、有蟲鳴、有鳥囀的世外仙境。她遠遠地望見一泓清泉，泉水漱石發出了琮琤之音，像天然的樂音般鼓動著靈魂使之甦醒一樣。

她有些懵懂地看向他，問道：「這是哪裡，好美喔。」

「這裡是天堂，一般人不能夠隨便上來的。」

聞言，她有些哀傷。「所以，以後你只能在這裡了。是不是？」

他笑著朝她點點頭。

「那我為什麼能在這裡，是不是，我也死了？」

他搖頭，「是我想帶妳來這裡玩的。玩了一趟再回到地球的家，以後妳就能睡得比較香甜了。」

她想了一下，問道：「那我可以看見Michael Jackson嗎？」

「妳是他的粉絲，我知道。」

「我愛他。」

他笑，「妳比較愛他，還是比較愛我？」

她不假思索，回道：「其實，比較愛你，因為我們的生命有所連結，相濡以沫。」

「那妳還想去看Michael Jackson嗎？」

她點頭，「嗯，他是我的偶像。還有，Audrey Hepburn。」

於是他翻動意識，天旋地轉移山倒海，帶她去見了很多早年已來到天堂的知名影星，帶她在雲端一起隨著天音翩然地起舞，一圈又一圈地劃著屬於天堂華爾滋的舞步。

她可以浮在空中，身體已然沒有重力的箝制而輕了起來，沒有肉體僅剩靈體可說是前所未有的輕盈舒暢。她愛極了這種掙脫肉體完全輕鬆，沒有任何負擔的感覺。她不覺知冷、熱，不感到飢餓也不感受睏倦，好似有著充分而運用不完的體力似地。她終可理解肉體僅為靈體寄生之載體，靈體若離了臭皮囊就是全新生命，可以是永恆不衰的。年歲之於肉體有義，之於永生之靈體則毫無意義。從今天起，她將跳脫年歲之於她的囿限，自由自在。「年歲」，僅為一串攸關生理的數字罷了，是世人所給予肉體存在的定義之一，任何事情都不該被這串數字所限制才是，如此才能有無限可能性。

她似乎感覺到，自己可以長生不老、青春永駐。她有著魔力一般，能夠抓住飄過肩頭的雲朵、雪花，將她們鎖控在手掌心裡頭細瞧，觀掌中世界，宛若捏著棉花球一樣地揉捏流淌的雲朵、掬著飄浮的雪花。她們成了她漂亮的裝飾品，她驚奇歡喜得簡直愛不釋手。他將之為她戴在她的髮間，可謂美極了。天空之中飄下了更多的雲朵與雪花，同時亦落在了他與她的眉梢髮梢與肩上，他們雙手上揚左右擺動揮舞，掬著一捧又一捧的雲朵與雪花，然後開心地注視著彼此，咧嘴笑開多麼地青春美好。

他偕她來到一彎勾月之側，他抱起她，將她放坐上去，自己亦跟著坐上去。他們坐於其上，觀眾星，窺星座與銀河飄潑晶燦，千里綿延、蜿蜒迤邐。又，世間一池秋水、一泓水塘、一座山巒、一個國度，萬事萬物盡現於手掌間。就連人世間的美麗重逢或者淒迷別離，亦於掌間即可觀之。彈指或手指一揮，便又是另外一個世界，另一種視野，另一道風景，另一種色彩。

他們相偕等待日出，日頭浮出雲端，光芒萬丈，炫麗精彩。她能夠飛於雲端之上，朝日麗的方向騰飛而去。他足觸雲端踰飛在她身後，耽溺地追隨著她。

在天堂的日子，好美、好開心、好自在，她幾乎已經忘了，地球上還有家人、還有工作在等待著她。

玩樂了好多天，似乎該有個結束了。他對她說道：「歆仁，妳該回去了。」

「為什麼？這裡太美好了，我不想回去。」

「不行，妳得回去。」

「不，這裡這麼美，跳脫世間的框架、跳脫世俗沒有束縛，沒有臭皮囊的限制，太美好了。我不想回去。」

「但是歆仁，妳還有塵緣未了。」

「什麼意思？」她問。

「在人間，還有屬於妳的幸福，妳必須去與那段緣份相遇，這已是三生石上注定好了的呀。」

「我的幸福不就是你嗎？」

「親愛的，我確實是妳曾經的幸福，但我們於塵世間的緣份已經盡了。」

聞言，她哭了。「不相信什麼緣份盡了。你看，現在我們不是已經在一起了嗎？」

「這段時間只是借來的，妳還是得回人間去。」他凝睇著她，眼底噙著一抹淚水。「聽我說，還會有一段屬於妳的緣份，一個愛妳的男人，他正在等著妳，等待著妳與他的重逢。記著，空置的年華，只為等待對的人彼此邂逅。所有人世間的相遇，都是久別重逢。」

「那你呢，你怎麼辦？」

他笑了，淚花飾於眼角。「多年以後，我們所有人都會在這裡再度重逢。妳也曾經與那個正在等待妳的男人，有著很深很令人眷戀的前緣，現在正是你們再續前緣的時刻。緊緊把握住屬於妳的幸福，我會在天堂裡看著妳與他交織幸福的。」

「不，不要，我不回去——」她哭喊。

「歆仁，回去吧。相信我，妳會幸福的。我會在這裡，祝福妳、守護著妳。」他的手一揮，掀起一陣清風，將她掀騰而起。

她隨著那陣風，飄飄盪盪，離他愈來愈遙遠，最後消失不見。

時空驟然轉換成歆仁的房間，她躺於床上倏忽間睜開雙眼，看向周身所有一切，只見門窗桌椅、衣櫥、五斗櫃、化妝臺、穿衣鏡，著著實實地回到了自己所居的小公寓房間裡。

那段與他的天堂奇遇，不是夢，而是她此生最為真實而難得的撫慰。

第十二話　離告

36

悲傷這件事情，並不是一點一滴積累而成，慢慢到來的。它是鋪天蓋地，浪一樣地潑灑而下，然後實實地包覆住了一個人，幾近將她給悶得窒息而亡。歆仁著了一件最淒美的披風，那披風是以悲淒哀慟所綴飾而成，絕無僅有的虐。

她為了掙脫這件披風，始以書寫的方式想要抒發心緒，沉澱自己。那夜，她始坐於電腦桌案前，捻亮桌燈書寫心情。記得那是有一次關於自己與時男在玩一個信任遊戲的有趣情節：

記得有一天，我吵著要跟你玩「信任」的遊戲，
對這遊戲約略瞭解的人一定都知道，
要玩遊戲時，得兩人一組，一個在前；一個在後，
在前面的那一個，要將自己的身體往後傾倒，
要信任待在後面的那個人，能夠穩穩地接住自己。

記得那次玩「信任」遊戲時，我非常有信心地將自己往後傾倒，
因為我相信，你絕對可以穩穩地將我接住，不讓我受到一絲一毫的傷害。
豈料你竟失手了，害我跌了個四腳朝天，跌傷了筋骨。
你心疼不已，生氣地對我說：「妳怎麼就真這麼放心把妳自己往後倒，一點防備也沒有，難道妳不曉得有一件事情，叫作『意外』嗎？」
我笑笑地回答說道：「我就是很信任你啊，覺得你一定接得住我。」
「結果呢，我失手害妳跌倒了。我根本就還沒準備好。」
我雖跌了很痛的一跤，卻還是笑笑地面對你，一點兒也不以為意。
是的，親愛的，我是如此信任你，所以才要把我的後半生交給你。
這一次，我還是很信任地把自己交在你手裡，
只是，我仍一如從前那般，忘了有件事情叫作——「意外」。
你意外地離開，自我生命中永遠地消逝，把我狠狠地拋在凡塵俗世。
這回，我跌得遍體鱗傷，外加心碎不已，
可是，你再也不會心疼地罵我了。
如果，能再聽你罵我一回，那，該有多好呢？

※　※　※

那天是假日，天氣很好，陽光一逕地鋪灑開來，潑得人心情都好極了。歆仁與時男說好了，便相偕搭乘捷運，來到忠孝東路四段的京星港式飲茶用餐。

他很喜歡香港，也愛追港劇，去過很多次，曾在自己的散文裡寫道：

回想從前的廣九列車，
大鐵茶壺兒令人訕笑，
港島的彌敦道上，分享市井喧囂。
彌敦道猶似臺北繁華的忠孝東路，
聖誕前夕，一如童話般美麗，
攬車而來，前去天星碼頭，
搭乘佐敦地鐵，往半島酒店飛馳，
破爛英文，胡鬧著蘭桂坊的女侍們……

因香港之故是以喜愛港式飲茶，這料理的風味正也是她所喜愛的，因此兩人便時常相偕前往用餐。會選擇京星，是因有分店於忠孝東路上設立，交通十分便利。這系列餐館於忠孝東路、敦化南路開了分店，之後復又於南京東路、林森北路開店，逐漸地積累了忠實饕客，加上是二十四小時營業形態，更可謂全天候用心貼心的服務。

上樓以後，由侍者帶位，他們選坐離窗的位置藉以躲避驕陽酷曬。坐定以後翻閱菜單，點了蜜汁叉燒、滑蛋嫩牛肉、糖醋鮮魚球、廣州炒麵、培根高麗菜、蠔皇叉燒包、蘿蔔糕、蜜汁叉燒酥等小點心。

稍後侍者將所點美食一一且仔細地送上桌案來。

歆仁見餐點舖滿桌子，眼睛都笑瞇了。「唉呀，點太多了，吃不完。」

時男笑道：「沒關係，吃不完我幫妳吃，再吃不完的話就打包帶回家。」

她舉箸下手，當即挾了一顆蜜汁叉燒酥吃了一口。「哇，我的最愛，超好吃的呢。」

「多吃點，不夠再點。」他不忙著吃，倒是先替她與自己的杯斟了八分滿的茶湯。

「謝謝。」她一邊吃點心，一邊配著茶湯以潤嘴漱喉。

「喏，還有妳喜歡的蘿蔔糕跟叉燒包喔。」

「哇，這一餐吃完我又要胖多少啦？」

「沒關係，等會兒我們走路去華納威秀看電影，可以消耗卡路里。」

「哈，這是在拐我可以好好放肆嗎？」

「不管妳胖成什麼樣子，我都會愛妳的啦。」

她笑了，「又來了。最好是喔。」

兩人一起開心地吃著點心。

※　※　※

夜裡，本該準備睡了。歆仁關好門窗以後未將客廳、廚房的燈光捻熄，反倒是回房將所有房內的大小燈盞全都打亮。自從時男離世以後，她怕黑，很怕很怕，總覺得黑黯猶如一隻超級大怪獸，會一口將她給吞噬而毫不吐骨頭，又或是將她給牢牢地抓在手掌心裡，任憑她怎麼掙扎亦無法逃脫。

她來到電腦前坐下，深吸了口氣以後又緩緩地吐出，打開word軟體，於編輯區上開始寫下自己的心情：

親愛的，你走了以後，
我突然變得好怕黑；討厭黑夜的到來。
怕黑，絕不是因為怕鬼，我自認向來善良有正氣，
大概連鬼見了也會害怕我。
我其實真正害怕的是，黑的來臨就好像孤獨寂寞緊緊地朝我聚攏而來，
而我卻再也盼不到你，見不著你，被你給狠狠地拋落紅塵俗世，
自此一個人孤零零，心裡空落落的毫無依靠。
所以我怕黑，我真的好害怕好害怕。
自你走了以後，我便不敢關燈睡覺。
漫漫長夜，每日皆會降臨，
可除你以外，還有誰可以陪伴我，給我安全感呢？
我的畏黑症，究竟什麼時候才能真正地好起來？

寫完以後，她存檔然後關閉電腦，收拾好桌案隨即上床就寢。天花板上大燈的光線大喇喇地落下來，落在她的眼皮、臉龐以及身上，她不覺得刺眼難耐，倒像是一張令人安眠無形輕巧的被單。有了它，她反倒心安，便逐漸安穩而妥妥地香睡入夢。

※　※　※

他們時常前往士林夜市去逛街，吃小吃。

夜市的規模很大，如若想壓馬路殺時間的話，那麼那裡會是一個極好的選擇。以慈誠宮與陽明戲院為中心，含括了大南路、文林路以及大東路等街市，只要是想得到的，舉凡衣食育樂皆可在此而獲得一次性的滿足。又，如若嘴饞欲食小吃的話，來此尋覓可謂從不令人失望而歸。明街暗巷，大道小徑，清晰與迷離交融交錯，迂迴曲折情態總也有不同的風景與風情，滿是滋味任人感受。

搭乘捷運來到劍潭捷運站後，從一號出口出站，走一小段路就抵達目的地了。

夜晚，星輝明燦、夜景斑斕，他與她相偕於路上行走，邊走邊尋訪欲食的小吃店。他們先去品嚐了藥燉排骨，將之當是正餐果腹，因他知道這是她的最愛之一，肯定不能教她失望的。滿足了以後復又走走停停逛逛，來到蚵仔煎的小店前，她見師傅在冒煙的煎盤上打著雞蛋潑成了漂亮的蛋花，再見到肥美新鮮的蚵仔於蛋花上翻滾，模樣小巧可愛十足引人食慾。於是指著蚵仔煎，說她想吃。他沒有二話，立即陪她一起。

傍晚，歆仁下班馱著一身疲憊站於公寓門口。她掏出鑰匙扭開門鎖，抽出鑰匙以後，還在門外敲了敲門，並且對著門內輕聲地說道：「回來了。」

無聲無息，無人回應。

是的，她知道不會有人回應，於是暗自長長地歎了口氣，沒有吐出而是含在嘴裡，然後嚥下，一如她嚥下了所有上天所硬塞給她的災難，淒楚悲傷。入門以後的頭一件事情，便是打亮所有的燈。真好，所有的亮光充斥著整個空間，一點兒也不害羞，更是毫不留情地鑽著所有鏤空之處。然而即便是如此明亮清晰，可她心裡頭的暗室，黯蒙蒙地竟亮也亮不起來。她抬眼噙著淚水，淚珠斂凝成了珠玉貼飾在臉龐，注視著天花板上亮燦燦的燈光，無語凝噎。

此刻，竟也有一點宋朝柳永所寫的詞〈雨霖鈴・寒蟬淒切〉之心境糾結：

執手相看淚眼，竟無語凝噎。念去去，千里煙波，暮靄沉沉楚天闊。多情自古傷離別，更那堪，冷落清秋節……

※　※　※

吃完一個人的晚餐她開始書寫心情，坐於電腦前，雙手飛快地打字，過往記憶如同嵌於腦海裡似唾手可得的資料一樣，毋需起草便能信手捻來。

從前下班回家進到屋子裡時，你總會對我說：「回來了。」

今天下班回到家，沒有人為我應門，逕自以鑰匙扭開大門門鎖，看向屋內，一片漆黑之中只亮著一盞小黃燈，沒有人、沒有你回應我。

想起那天，你在我面前失去了呼吸與心跳，

好想問你，是不是我不好？是不是我做錯了什麼，

你才會以如此殘酷無情而又絕決的方式離我而去？

若是失去記憶，將你遺忘就能開心快樂起來的話，

那麼我仍寧可一輩子痛苦，也要永遠牢牢地記住你，

因為你知道，我是真的真的，捨不得就此忘了你。

躺於沙發上，看電視，卻沒有真想看電視的意識與意願，

身上覆著你所遺留下來的毯子，

就好像是你溫柔貼心的撫觸，我是如此幸福。

可是，幸福的我眼睛卻為什麼會出了這麼許多汗呢？

不禁回想起，每每我們徒步下樓梯時，

我總會對你說：「揹我。」

於是你便作勢真要揹起我，走下樓梯……

又想起，從前你總會在客廳那塊小小的地方，

把我抱起來轉圈圈，好讓我變得像是可以飛似的，
我真的飛起來了，飛得咯咯咯地笑個不停，
直到我喊頭暈了，你才終於肯甘心地放我下。
那時的你，身子與臂膀充滿了強壯的力道，是我心中的無敵超人，是我的英雄，更是我的天。

可是，為什麼你卻走了，如此脆弱不堪命運一擊地走了？
你走了以後，誰來為我關燈？誰來為我覆毯子呢？
突然，我變得好怕黑，怕黑裡的孤獨寂寞將會狠狠地把我給吞噬殆盡，
我孤獨寂寞到，只能以文字的形式來悼念你。

※　※　※

時男與歆仁在工作上不僅認真，且很努力。重點在於，他們亦很懂得要犒賞自己，對自己更好。每月只要是領薪日，他們總會計畫安排著要一起出遊，而最常前往的地方，要算是北投飯店洗溫泉泡湯了。

搭乘捷運淡水線很方便，只要到北投站下車即可，在那裡有許多價格實惠的溫泉飯店可供選擇。又或者再轉一小趟捷運，來到新北投站亦可。

傍晚時分，兩人 check in 以後將所有行李袋安置於飯店房內，然後便又搭乘捷運來到劍潭，前

往士林夜市大快朵頤去了。記得那一次，兩人討論文學寫作的某個議題，因意見相左而有了齟齬，下了捷運列車她走在前頭，而他則是緊跟在她身後。

見她不停地往前走，他十分生氣，不顧捷運站月臺上的乘客往來眾多便朝著她大吼道：「妳要去哪裡——」

聽見他的吼叫，她怔住了，停下腳步。這是頭一回，他對她如此兇悍。

他上前，拉著她的手而霸道地往前走。

她甩開他的手，杵著不動。

他極為不高興地說道：「隨便妳，晚餐不吃了！」說完他頭也不回地走了。

兩人一前一後地回到飯店房，彼此都沒有任何的交談。

夜裡，他洗完澡後在床的另一邊倒頭就睡，完全沒有搭理她。

坐在沙發上的她，心裡覺得委屈，不自覺地眼淚便掉落下來了。

月光透過窗簾篩入室內，將房間襯得水溶溶而有點靛青黯藍。入睡的人已然入夢，而不寐的人兒唯恐仍在心傷怯懦。

她翻了翻行李袋，拿出筆記本胡亂翻閱。忽然，她翻到某一頁一瞧，其上貼有一張電腦打字所列印下來的紙張，她含著淚水笑了，那是他以前所寫的一篇小品文，所記錄的是他與前女友的分手戀情。她一直記得，他的前女友名叫小靜。他們曾一起相偕搭乘捷運淡水線前往淡水出遊。小品文的字裡行間，有著些微淡淡哀傷與愁愴：

印象中那晚的淡水夕照，特別美麗。
捷運回程，她一路沉默，空氣因之屏息。
他握著她的手，感到她手心微微的汗液。
終於，她將頭頸放鬆，枕上了他的肩脊，
她小小的頭顱，在肩膀上敲打著訊息，
那訊息彷彿是告訴他：「保護我，不能沒有你。」
於是他努力地挺直腰桿，回應她：「親愛的寶貝，最不捨的是妳。」
那夜的淡水列車車廂裡，縈迴著愛情淡淡的氣息，
她偎在他的肩頭，沉沉地睡去……
再甜美的戀情依舊有走向終端的一天，當最心愛的她絕決離去不再回首時，他變得很怕
再去淡水，觸景傷情，心中仍有猶豫。

讀完短文，她既微笑亦泛淚。文章中，她發現他彼時是如此珍愛照顧著當時的女朋友。而現在，他為了一件小事同她大吵，一個好好的溫泉出遊旅程，成了兩人嘔氣的必然，此時此刻她心如刀割，怎麼能夠不痛呢？

爭吵是一種摧毀，這種摧毀亦是一種溝通。摧毀以後再重建，相信應會比過去更好、境界更提升才對。一個人的夜裡百無聊賴，她僅能以如此方式努力地安慰著自己。

※　※　※

下班回家，歆仁吃完一個人的晚餐後，便取了衣服進浴室洗澡。

她變得不喜歡外出，不愛與朋友餐敘，只是待在家裡整理過去的一些東西，發呆，或者是寫寫文章。

她整理東西的時候，發現了他從前所戴過的眼鏡，正躺在眼鏡盒子裡幾乎被人給遺忘了。看著那盒子，她嘴裡喃喃地唸道：「抱歉，你的主人離開了，只能由我代替他來照顧你。」喃語完便將眼鏡從盒子裡取出以後擦了擦，打開鏡架然後置放於自己雙眼前，透過時男的眼鏡來觀看這個世界。不知是不是移情作用，她總覺得以他的眼鏡目睹這世界所有一切好似有一種溫暖，這世界變得有溫度了，她的格局似乎也因之而大了起來，一如生前的他一樣。

很久很久以前，他是一個一夜擲千金的公子哥，那時的他非常喜歡戴墨鏡。歆仁翻閱他所遺留下來，從前的照片，有紙本的亦有電子檔。發現他時常左擁右抱著不同的女孩兒，而戴墨鏡的他總有著一股英氣復又帶著很陽剛的男人氣息，那種成熟穩重的魅力很難抵擋。周身的女孩們似乎也非常享受於他的偎近與擁抱。雖是平面照片，然似乎有著什麼破口或者是罅隙，射出的光芒竟讓她醋意上騰，有些酸酸甜甜的。看著看著她笑了，然後開始坐於電腦前書寫她的心情。

會愛上你，是因為你如夢似幻、紙醉金迷復又歸於平淡平凡的人生吸引了我。

少年英發的你，華服、華車，出入高級場所。
那時的你意氣風發，身邊美女如雲，女友更替如同更衣一般頻繁。
一夜，你可以於賭城豪賭掉幾十萬新臺幣。
理財不眨眼，幾百萬資金出入股市，叱吒風雲。
矛盾衝突的是，你的文學底蘊很高、很有長才，
與少年的你所擁有的銅臭味，很難聯想在一塊兒。
初相識時，聽聞你訴及過往的風花雪月與情史，著實令我著迷。
你像一個年少翩翩，吸引少女喜愛沉溺的少爺。
常聽人言：男人不壞，女人不愛。
是的，我愛你，因為你是壞男人，你是一個亦邪亦正的男人，
可也因著你以前的壞，才能造就出如今這般美好的你來。
然而命運無情地撥弄，因一次失戀，因一樁一失足成千古恨的意外，
自此你的生命回歸樸實，自甘回於平淡。
你曾對我說過，想跟我就這麼安安穩穩地過一輩子，
就咱倆，沒有孩子也罷，只要平淡平凡幸福就好。
為了你這些話，我甘心情願地被你所設的情感網羅所俘擄，
只是，平淡平凡幸福的日子，只到你撒手人寰的那一刻便停止了。
你走了，我的世界開始天崩地裂，我的天竟下起一陣陣的滂霈大雨來。

親愛的，我好想問問你：究竟，我的世界何時才能夠回復靜好？

※　※　※

淡水最知名的即是淡水老街，附近有一所眾所周知的淡江大學，景致非常美麗。

老街其實分為內外兩側，內側是傳統古意盎然的街道，外側則是水岸步道。水岸步道臨近淡水河畔，若是夕陽西下或者是晚間的話，很適合情侶相偕在此散步，兩心繾綣，溢滿滿的蜜意濃情。

老街處有許多商舖集聚林立，餅舖、小吃店、雜貨舖什麼都有，時男與歆仁很喜歡去內側的老街購物，每一回總會帶回很多的戰利品，囤積享用。不過最吸引人的還是平價小吃，如阿婆鐵蛋、魚酥、阿給、酸梅湯……等皆令人一再地回味無窮。

時間太久，她有點忘記了。似乎有一次去了老街，他買了一個皮革所製的小飾品送給她。或許東西壞了還是弄丟了，不知道，竟找也找不著。

她的生日就要到了，其實她向來是不過生日的。然而他卻背著她偷偷地準備了一些她所喜歡的小東西當是生日禮物要送給她。

那天晚上回家，要吃晚飯的時候，他有點靦覥地取出了禮物，置於桌案上。「喏，送給妳的，祝妳生日快樂。」

見狀，她的眼神透著驚喜。「咦，居然有生日禮物！」

「打開看看。」他說。

她打開紙袋，裡頭所裝的是她所喜愛的絨毛布偶娃娃。她取出，抱在懷裡。「哇，太可愛了。親愛的，你已經送我很多絨毛娃娃了。」

「妳喜歡啊，那我就一直送，送到妳不喜歡為止。」

「怎麼可能會不喜歡？」她抱著娃娃，「愛死了。」

「還有，這個。」他指著一個小盒子。

她放下絨毛布偶，打開眼前的盒子，見有一金飾躺於其中，以一條黑色皮革串了起來。她取出，置於自己胸口試了一下，抬眼問他：「好看嗎？」

「漂亮極了！我給妳戴上。」他替她將金飾項鍊給戴在她的頸項上。

她抱著他的脖子，感激地說道：「謝謝你精心所準備的生日禮物，我好喜歡。」

此後，他總會在她生日的時候，為她在網路上訂購達克闇黑工場的爆漿巧克力蛋糕或者是生巧克力，又或者前往永康街的小餐館點一鍋水果巧克力鍋，讓她可藉生日為由略為放肆，好好地解饞一番。他果真十分地寵溺她。

※　※　※

今日歆仁徒步而行，前往銀行存一張支票，走在路上，每每都有與時男相關回憶的影子。這路，是他生前與她時常相偕一起走的一條路。他生前，他們很愛走路，目的是為了健身，幾乎每日都會走上半公里、一公里的路，或者偶爾搭乘公車前往較遠的地方吃晚餐，而回程就是徒步賞景。

返家以後，她開始寫下今天的心情日誌。

不論是路上的商家、自助餐、飲料店、麵店、彩券行、診所、郵局、公園、菜市場……，甚至小到連一個轉角、一條小路邊上，都清清楚楚地記得，有關於你的那些回憶碎片。那些碎片不斷地朝我劈頭劈臉地打來，打得我滿頭滿臉是傷，一併就連心也開始疼了起來。

所有的路街，甚至滿座城市，我再也不敢獨自一人行於其中。哪怕只是細看一眼也是不忍、不敢的。因為——掀開記憶，一如擰我疼。總習慣有你的陪伴，一路相互扶持，有你為我做這、做那。總是依賴著你，依賴和你一起過生活，依賴你的關心，依賴你的貼心照顧。直到你離去以後我才明白：原來「習慣」與「依賴」是愛情世界裡的迷幻藥，一旦服用就會狠狠地上癮，卻很難戒得掉。

親愛的，你是我此生的迷幻藥，我已戒不掉你。

如果，一生能夠安好，那……，該有多好？

可歎，命運之神粗暴地撥弄著我們的生命之弦，計畫永遠也趕不上變化，人生很多時候其實都是——事與願違。

※　※　※

時男與歆仁很喜歡夜市的平價小吃，若遇有假日則會特意安排時間來到基隆廟口享用小吃美食。他最喜歡吃的是簡單的清飯配小菜；她則最愛品嚐古早滋味的米粉湯外加一小份滷大腸。品過美食他倆相偕小逛，買幾杯酸梅湯、幾份螃蟹羹、油飯以及一些甜糕，預備要留著明日上班的時候當是早餐吃。

之後，他們逛到靠近車站的一條路上，有一個小舖子，賣得是手蘸焦糖與巧克力蘋果。蘸上焦糖或者是巧克力醬，然後再蘸黏一點糖果粒或者是堅果，如此，一顆顆青蘋果如同穿上了彩色外衣一樣，每一顆皆有不同風情可謂異常美麗，儼然東方糖葫蘆魔術般地搖身一變。

她對他說道：「公司的生日派對可以買手蘸焦糖青蘋果，這個一定很受歡迎。尤其是女生。」

他笑道：「妳又不是主辦人，瞎操什麼心？是妳自己想吃對吧？」

她拍了他的臂膀一記，「欸，幹嘛這樣，就算是我自己想吃，你也用不著這麼老實說吧？」

「假公濟私。」

她笑了，「我就是，你管我？」

他不再多說，而是買了兩份手蘸青蘋果，選擇巧克力醬口味的。

站舖服務的小姐將青蘋果蘸上濃濃巧克力醬，包裝好，然後遞給了他。

他接過，付了錢以後將之交在她手裡。「好了，買給妳了喔。」

她接過提袋，開心地朝他微微一笑，揚起了彎彎幸福的小嘴角弧度。兩人相偕離開。他們的背影閃著七彩的光，潑亮了整座城市，耀眼繽紛。

※　※　※

說起你，偶爾我也會忍不住地想要抱怨。

你向來很寵疼我，卻一直學不會該如何哄我。

最近一回，因工作上的事情，我們有了小吵。

這一次，你終於學會了哄我；你將我給圈抱在懷裡，對我說道：

「又不是什麼大事，我們需要吵成這樣嗎？」

雖然面上我並沒有什麼反應，但我心裡其實挺高興的。

只是沒料到，這一回吵完之後，你竟毫無預警永遠地離開了，

是不告而別，澈底從我生命之中抽離的那種離開。

記得以前我曾與你說過：

「如果有一天，你不再愛我，請告訴我，我會讓你離開，絕不會為難你，死賴著不讓你走。

這種賴人留愛的方式，不是我的作風。」

我的個性是，若有可能的話，寧可人負我，我絕不負他人。

若想問我為什麼，那麼，我只能說：

「負人，心理負擔太大，我是懦夫，承擔不起。」

是的，這次你離開了，是那種澈底而絕決地離開。

你這傢伙真是壞透頂了，寵溺了我這許多年，

最後竟是以這種絕決的方式離開我。

是不是因為，你學會了人生的最後一項功課——哄我，

所以老天才會決定要將你給帶走呢？
如果是，那麼我寧可，你一輩子也學不會哄我。

※　※　※

你喜歡飯後一根菸，說是快樂似神仙。
你慣抽菸的窗臺邊上，我為你保留原來的菸灰缸，滿滿的菸灰，早已被我連同塵埃一併地清除乾淨了。餘的，僅是滿滿的記憶還在窗臺，以及我的心窗。
菸灰缸上，置放了一包未抽完的白色包裝淡菸。
很多年前，你有很大菸癮，被我努力積極地訓練到，每天只抽8-9根的「成績」。
許多癮君子都說，吞雲吐霧能夠紓解壓力、暫忘煩憂，然於你而言，卻有可能是提前向這世界說再見的一個原因。
所以如果可以，就別再抽了。好嗎？

※　※　※

情人節快到了，這個節日之於歆仁而言，已經毫無干係了。

她想起以前時男還在的時候，他們其實並沒有過情人節的習慣。在他們的想法來看，情人節是落實在每一天的生活裡，並不單是某一天。情感上彼此尊重，相濡以沫，比過情人節還要讓人覺得更為重要而且有意義。

某一年情人節前夕，她想了想，忽對他說道：「今年情人節，我可不可以要一份禮物？」

他狐疑地望著她，「妳想要鮮花首飾，還是浪漫的燭光晚餐？」

她搖頭，「只想要一封，你親手所寫的信。」

「就這樣？」

她點頭，「嗯。」

於是情人節來臨之前，他始動腦筋寫信。信寫完了以後，他與一小盒巧克力糖球一併送給她。見他寫了信，她很是開心，拆開信封抽出來以後才發現裡頭的信箋並不是信箋，而是一張毫無情調的年曆紙，其上寫有他的「情人節宣言」。然而與其說是情人節宣言，更實際來說應該是他反省與前女友之間的一些交往過程，是以明白珍惜眼前人的重要性……

讀完信，她感到既生氣又好笑，怎麼寫給她的情人節書信，裡頭竟會提及別的女生尤其是他的前女友呢？她笑歎了口氣，心想，好在她是一個很能夠包容情人，寬洪大量的女生，否則這封信不僅沒有情人節的喜悅浪漫，反倒要成為彼此齟齬的導火線了。天！

從過往回憶回到現實，她莞爾，始於電腦前雙手飛快地打字，抒發心情。

七夕到了，今年的七夕只有我自己一個人過。

37

房裡是暗的，特殊夜光漆料的天花板，星星點點柔柔地發著幽微的亮光。歆仁睡於床鋪上，輾轉反側，眼球不停地轉動，悠忽間她姍然地流下淚來，囈語地喃道：「時男，別走，你別走——」

夢醒，歆仁睜開雙眼，見自己所睡的正是爸媽家的房間。

她歎了口長長的氣，拭去頰上的淚水，然後對著空氣喃喃地說道：「時男，我一直都很好，做自己喜歡的工作、旅行、閱讀，閒餘時下午茶放空心靈，生活盡如己意。我只是還有點掛心你罷了。你在那邊，還好嗎？」

守於歆仁身旁的蕭時男聞言，傷痛不已。他緊緊地擁抱著她，只是她感覺不到他罷了。除夕是夜她沒有守歲，而是依循夢境回到過去的傷痛裡，再一次地溫習一回罷了。但是她很清楚，日子終究得繼續地往前行。

年初三，她離開爸媽家回到自己的房子。沒有外出，而是窩在家裡編織一條因忙碌而一直尚未完成的圍巾。除了工作與兼職寫作以外，她時常藉由編織一些小東西或者是閱讀，來沉澱自己有時略為浮躁的心緒。

她雖然孤單，但對於未來總是懷抱著一種上揚的期望，苦中有甜，痛中有美。

人們既有的概念，總覺得人必須成雙成對，那才是屬於世間最幸福的樣貌。然而世事，又豈能盡如人意？而幸福的樣貌，又豈止是成雙成對？

時代變遷，城市的風貌多變，人與人的距離既近且遠，關係再也無法如同淳樸時代那般純粹。正因如此，人們的關係變得既多元且錯綜複雜，似乎連誘惑也多了起來。人們愈以自己的立場行事吝於付出；面臨誘惑試探；人生選項太多；心底有傷或者成長不足健全者……，上述那些狀態有可能使人毫無能力做出選擇，有可能茫然未知前方，甚或完全不知所措。是以，每個人看似形體的距離頗近，實則內心無形的距離遙遠，益發感覺孤獨寂寞。

適婚之齡的單身男女，愈來愈多了。不論有什麼樣的理由：忙工作、追逐世間所定義的成功、逐夢、沒有錢、沒有餘力生養小孩、遇不見對的人。甚或是害怕愛情、不斷地分手、乃至於永遠地失去所愛、曾經滄海難為水……，實則皆無所謂。就算得不到溫暖，人們亦可自行尋暖取暖，以不同形式的愛來填補所空缺的情愛。甚至同是天涯淪落人彼此間的陪伴，也是好的。又何必拘泥於是否為「成雙成對」的形式呢？當然，有情人間，如能結縭成雙，那是至美，求之不得，正所謂琴瑟在御，歲月靜好。是以人們所能做的，是將自己給準備好，然後隨緣順緣便是。適合的人總是難等，等一個三生石上的注定，水到渠成的姻緣，這需要多久的歲月醞釀來促成呢？並不是跟上帝訂做一個他。

第十三話　明德

38

歆仁正坐在辦公桌電腦前工作，眼前忽然亮了起來。她抬眼一瞧，見是人事主管領著一名笑容極其溫暖的男生走來。

「歆仁，這是企劃課的新同事，交給妳囉。」

「嗯。」歆仁微笑地點頭。

人事主管離開。

那笑容可掬的男生朝歆仁頷首，「妳就是易歆仁嗎？妳好，我是明明德。」

聞言，她有些詫異。「明明德？大學之道在明明德的那個『明明德』嗎？」

他笑，「是的。我姓『明』，名『明德』。」

她點頭，「這名字令人印象深刻耶。明明德，不就是弘揚光明正大的品德嗎？這名字取得真好，既有意義，而且讓人很難忘記。」

「是啊，要感謝父母所起的名。」

「以後我們一起工作了，你喊我『歆仁』就可以。」

他伸出手來，紳士地。「好的歆仁。那以後請妳多多指教囉。」

「客氣了，一起努力、彼此協助。」

最近因為公司要拍攝一支宣傳視頻，因此歆仁與明德正在座位上討論短片的內容與呈現的風格。他們的座位前有電腦，各自桌案上置有一杯茶盞。外頭的陽光很是耀眼，如金沙一樣地潑擲進室內。

「這支短片有多久時間可以籌劃拍攝，預算呢？」明德問。

「大約一個月的時間，預算十五萬。Boss期望能以這個預算拍片，包含分鏡、拍攝、剪輯、字幕，以及配樂。」

「腳本妳寫嗎？我想這樣應該能省下寫腳本的費用。」

「是的。演員呢就是自己的員工，這樣也能省下演員演出的費用。然後由行銷公司出一名攝影師、一名燈光師。」

「那我們下午再討論腳本的內容吧。」

「行。」

午休之後開始工作了，歆仁與明德正在討論腳本內容，由每一場的分場大綱開始。

「所以呢，」歆仁說道：「希望這支短片一開場就是一片綠翠翠的茶園，鏡頭從茶園一隅拉開，一直延展到遠山與藍天。」

「接著呢，」明德說道：「以茶館為襯底畫面，柔焦處理，然後上字幕：細說品牌形象故事。妳覺得怎麼樣？」

「可以呀，茶館正是我們最重要的主角呢。然後，鏡頭可以帶到茶館門市外觀與工作人員工作的剪影畫面。每一場景最後就是Fade out，畫面看起來較為柔和，這樣的剪輯方式就不顯得那麼銳利了。」

「那第二場還是可以不同茶館為襯底畫面，柔焦處理，接著上字幕。」

「OK呀，接著就直接帶進主題……」歆仁說著就開始於電腦鍵盤上打起字來。

△疊入京都府宇治市茶園的圖片，搭以下旁白的OS呈現。

旁白：（OS）宇治市，位於日本京都府南部，有著世界遺產的「平等院」和「宇治上神社」等文化資源以及宇治茶名產而名聞遐邇，乃京都府第二大城市。做為受平安貴族所喜愛的別墅地區，現在依然保存著與京都有所不同，富含茶文化的豐富景觀與歷史建築，可謂別有一番情調。時是戰亂的舞臺；時是文化中心，宇治市在日本歷史上佔有重要一席之地。

何謂「宇治茶」？將京都府、奈良縣、滋賀縣、三重縣，此四府縣所產出的茶，以京都府內的業者，在京都府內使用宇治自古以來的製法，所加工而成的綠茶。

日本綠茶的主力茶種「抹茶」、「煎茶」以及「玉露」，皆是京都府南部的山城區域所發明，藉由中國所傳進的綠茶製法與飲茶法，加上獨自的技術開發，所誕生的新茶種。

△Fade out.

歆仁與明德待在茶水間，其間有一張木質桌案，其上置有許許多多茶具與飲茶杯具，一旁還有兩三盆古意盎然的盆栽，層次分明地擺弄她們迷人的姿態。歆仁正在示範沖泡紅茶的步驟，同時向明德做一次詳細的介紹。

「沖飲紅茶的過程中，少不了幾樣小用具，較為重要者，第一是茶匙；第二則是濾茶器。現在就來介紹一下這兩樣小用具及其功能。」

明德頷首，專注地看著。

「沖好紅茶以後，不論是傾注於另外一個茶壺，或者是直接注入杯中，一個重要而不可或缺的用具即是『濾茶器』。最佳的沖泡方式，即於茶壺裡沖好紅茶，讓茶葉能於壺的熱水之中翻滾跳躍，使味道能夠完全地融入熱水裡，如此才能沖泡出醇香美味的茶湯來。」

他好奇地取來一個濾茶器一瞧。

「沖泡完成以後，在傾注茶湯入另外一壺或者是一個茶杯的時候，濾茶器便派上用場了。濾茶器之所以重要，為得是要濾掉茶葉與碎末，使得喝茶時的口感能夠更為順暢。」

「所以，」他問道：「濾茶器的部分有什麼建議嗎？」

「建議濾茶器應選擇濾孔較多者，如此濾茶時速度較為快速；而且應該選擇濾孔較細者，因孔細者能將碎末全都濾除乾淨，如此，茶湯便顯得更為清透並且極易入口而毫不扎嘴。」

他明白地點點頭。

她繼而又道：「喝茶時，可以用茶匙攪拌，讓茶的味道能夠更為均勻地融入茶湯裡，當然也可以使用茶匙取糖兌入茶湯。不過一般來說，如果是品質很好的紅茶茶葉，香甜味甘，基本上是毋需兌糖中和味道的。」

「但是，應該有不少人喜歡喝甜的。」

她笑，「是你嗎？」

他莞爾道：「我喜歡甜的東西。」

「所以呢，依各人喜好不同而加入糖或者是蜂蜜，分量自行拿捏，似乎也沒有什麼不可以。總之，並沒有一定的限制。」

他伸手取來一支茶匙觀察。

她則說道：「一般市售的茶匙，匙的部分比咖啡匙略大一點，匙柄也略長了些，在兌完糖或蜂蜜，攪拌好了茶湯以後，即可將之置於杯碟上，接著就可以好好地享受一杯美好的茶湯囉。」她動作完成，將一杯紅茶遞予他。

他接過，細細地品飲一口，非常沉溺於紅茶茶香。

歆仁取來一個紙盒，取出茶包置入杯內，然後沖了另一杯茶。「1908年，一位名叫 Thomas Sullivan的美國茶商利用絲袋將茶葉包覆，並以此向消費者做展示，無意間將包裹茶葉的小絲袋置於茶壺之中沖泡。」

「所以，這就是茶包，被廣泛地使用迄今。」他說。

她頷首，「沒錯。茶包的材質，從原本的絲質、紗質，一直演變到今天的紙質、尼龍質地，著實有了不小變化。」

「所以茶包的概念，也被延伸使用到咖啡包的販售與飲用對嗎？」

「是的。茶包最原始只是一個小袋狀，後來演變成為方形、矩形、圓形、三角形，甚至後來德國人更發明了雙囊茶袋，置入熱水之中能夠擴張，使得袋內空間變大了，裡面的茶葉便有了足以伸展的空間了。」

他問道：「那茶包有沒有分類呢？」

她笑點頭，「有啊。茶包的種類不少，除了原本所熟知的單囊茶包以外，也有雙囊茶包、三角茶包、尼龍三角茶包。爾後英國立頓公司更推出了立體三角形茶包，加大了袋內空間，使得茶葉於其內的伸展空間更為擴大了，因而更能夠沖泡出香醇的好茶來。現今所使用的茶包，裝得不只是紅茶，像是綠茶、花草茶、烏龍、金萱……等等，都有。」

「當然，也有不少人認為，應該以散裝茶葉沖泡，如此才更能夠享受泡茶飲茶的精神，並且創造逸趣。」

「為什麼？」他問。

「最主要，乃在於散裝茶葉置於壺中沖泡，能使它充分地於壺內較大的空間裡頭舒展翻躍，進而使每一片茶葉都能浸泡到熱水，如此才能萃取出茶葉的絕佳風味。」

「原來如此。」

她繼而又道：「若以此做為考量，是絕對沒有錯的。但是請記得，若以散裝茶葉置壺沖泡，所使用的水就非常重要了，不夠沸騰或者是過沸的水，都無法沖泡出好喝的茶湯來。僅僅是一壺茶緣的功夫，都有著細膩的講究與操作方式必須遵守，如此，才能沏出一壺或者是沖泡出一杯風味絕佳的好茶來。」

他笑，「嗯，所以賦閒在家，不論壺泡或者茶包沖泡都可以，邀約好友小聚一起茶飲其實感覺也是挺不錯的。」

她附和，「是啊，飲茶美學可是博大精深呢，而且茶敘能夠培養朋友親人間的情感，我個人覺得很棒。」

40

歆仁與明德步行來到公司附近的一家茶館。

推門入內，觸目所及的一切皆極簡約，將所有「不完美、無常」的元素注入館中，毫無掩飾：老房子的外觀，破舊的鐵器，質樸木製桌案，線條簡單的花瓶，粗布麻繩，石頭……等以裝點著室內。這茶館最為特殊的一點乃在於並無特定菜單，侍者會詢問客人所喜好的茶品，再依其喜好的方向去做比例調配進而特別調製。此外，茶館也有售酒，以簡單的紅酒、白酒、梅酒、果汁為基底，再依客人的需求以進行客製化調配。

兩人選了一個昏黃小燈照射而下的桌位坐定，點好茶湯與茶點以後侍者送上，兩人一邊品茗一邊說話。

他抬眼看向室內，笑道：「這家茶館很特別，質樸而且簡單。」

她回道：「這就是所謂『侘寂美學』，不僅限於茶道，我們日常生活周遭所觸及的事物，好比走進某家商店或者是餐廳，其裝潢格調既簡約而又質樸，顯示出一種寧靜祥和的氛圍，那麼這就屬於侘寂美學的範疇。」

「那，如何明確定義『侘寂』呢？這其實是一項挺困難的功課吧。」

「侘寂在日本人來說已融入日常生活之中，成為一種意識、一個概念。若以字面意義來解釋的話，『侘』作動詞解，有誇耀、潦倒、失志失意、狀態不佳之義；引申為質樸簡約。『寂』作形容詞解，是安靜、冷清、孤獨之義；作動詞解則是死亡之義。因此，『侘寂』所代表的思想精神即是接受不完美，萬事萬物皆不可能長久，應瞭解人生無常，反而要接受這種無常狀態心志不為外物所干擾，崇尚自然質樸與簡約的生命形式。」

他回道：「就好比我們時常追求事物臻至極佳狀態，卻未曾思及所謂『物極必反』——當狀態處於絕佳的時刻便已沒有了成長空間，反而是向下墜落的開始。又好比我們總是追求完美，可能會因為一個喜愛的杯子不小心磕碰缺了一角而感到厭煩甚至是生氣，卻未曾想過，你與杯子之間的關係與情感，因此你的心因杯子的殘缺而受到影響，卻忘了要感恩它曾陪伴你走過的點滴歲月。」

她笑了，「嗯嗯，沒錯，就是這個意思。又或者生活中我們總是躁進，卻未曾停駐腳步去感受所有被忽略的細節。所以說，『殘缺美』比『完美』更值得細細品味，它不僅有一種不諧調的美感，以及進步空間的概念，也可以成為一種生活哲學，就是物質物象要提升至精神層次的意思。」

他回道：「記得有句話是這麼說的，There is a crack in everything. That's how the light gets in.中文意思是說，萬事萬物皆有裂縫，這就是光能夠進入的方式。其深層意義就在於，所有不佳、不完美的狀態，其背後皆有美好的旨意存在。」

「是的。因此，我們於日常生活中若有任何不順心不如意之處，不妨靜心等待，因為黎明總是會到來，問題也總能夠解決，正所謂『守得雲開見月明』。」

第十四話　Decision A or decision B

41

那一個灰撲撲的日子，明德與歆仁相偕走在紅磚道上。天上沒有任何陽光，有的只是籠罩頭頂的灰紗。她手裡抱著一箱茶葉，與幾本文件夾，他走在她身側，手上同樣抱著一疊文件。

忽然一顛，她手中的文件夾掉落在紅磚道上。他替她拾起了掉落的文件夾，然後遞還給她。「喏。給。」他燦出了一抹極其燦然的微笑。

她一個抬頭的仰角，見到這世上最美麗的影像；那影像幻化成為一片羽毛，然後悄悄地落在了她的心上。她猝不及防，愛上了那份驟至的美麗卻毫不自知。

※　※　※

今天公司的會議，主要是討論新年度的銷售方案，負責這部分提案的是歆仁與明德。十點鐘，會議室裡圍坐了許多主管與同仁，行政助理負責準備茶水與點心，備妥電腦ＰＰＴ，以及一些紙筆。

歆仁與明德正要進入會議室，明德摸了摸口袋，有些驚慌神色。「糟了，我的隨身碟不見了。」

「是簡報的隨身碟嗎？」歆仁問。

「對。」

「那你要不要去辦公室找找，還是掉在了什麼地方？」

「可能放在家裡忘了帶出來。我家離公司很近，我回去找一下。」

「OK。」

「那，」他有些歉然，「簡報的順序只好跟妳對調了。」

「沒事，我就先頂著。你快回家找去吧。」

他頷首，然後倉促地離開去了。

他出了公司大門，走到自己停摩托車的位置，發動車子騎車趕著回家去了。回到家宅，他開門入內，回到房間一番尋找，但不管他怎麼找，就是找不著存有企劃案簡報PPT與相關資料的那個隨身碟。

會議室裡的歆仁，正站在講臺前就著PPT上的內容向各級主管與同仁做簡報。眼見著時間一分一秒地過去，明德卻仍未回到公司來，這會兒歆仁倒是有點急了。

她故意拖慢了速度，正對著所有在場的同仁鎮定且從容地說道：「夏日祭，六到八月，主要的節日是七夕情人節，輔助節慶則是暑假與端午節。品牌大事件是，包材的更換，如煙花、海洋風格的杯套等；至於夏日祭限定的新品，路演巡遊則是……」

不知過了多久，明德終於找到簡報的隨身碟，於是帶著它火速地衝往公司去。來到會議室，見裡頭空蕩蕩，所有人皆已散去，僅餘歆仁一人在會議室裡頭收拾東西。

他上前，問道：「歆仁，做完簡報了嗎？」

她抬眼笑道：「嗯。」

「所以，妳代我做了簡報？」

「是啊。」

「可是內容妳怎麼會知道？」

「這份企劃案是你我各負責一半，你的部分其實我也看過，所以有點印象，就直接代你做了報告囉。」

「那，一切都還OK嗎？」

「沒問題，主管們都很滿意，沒什麼意見。放心吧。」

他感到非常抱歉，卻又一臉感激的神情。「真的很抱歉，是我的疏忽。我真的非常感謝妳。我們能夠一個team一起工作，真是我撿到的好運。」

「我們是同一個單位，互相幫助是應該的，別這麼說。」

「為了達謝妳仗義救火，我一定要請妳吃飯，還妳這個天大的人情。」

「吃飯？這只是小事，你不必掛在心上。」

「不行，妳幫了我這麼大的忙，這頓飯我一定要請。」回想起與她的相處，兩人除了共同興趣以外，也很聊得來，感覺十分契合。他覺得她是一個認真努力，很有內涵才華，很清秀好看的女生，可以說她的各方面條件皆符他所欣賞，對她確實有著些微好感。他心想，藉由請她一頓晚飯的機會，飯後散散心，或可更為拉近彼此間的距離亦未可知。

下班時分，歆仁收拾辦公桌以後離開辦公室，獨自一人走往停車場。她低頭思索，內心有些沸騰。「為什麼明德非請吃飯不可，難道是急著還我人情，想要與我劃清界線嗎？」她胡亂地臆測著他的想法，心裡非常不開心。忽然，她驚覺了什麼似的。「我為什麼會這麼在意明德呢，為什麼會將他的好意曲解成是他想要與我劃清界線？」思索再思索，她恍然，原來自己似乎是對他動了凡心了。這一刻，她忽然感覺害怕極了，這是有多少年，她沒有動心愛過男人？

42

歆仁與明德約定在一家咖啡館用晚餐。

館的外部，種植了許許多多的綠色植物。餐廳的門與招牌皆為木質製，此外還有一點點麻布點綴，有點類似侘寂美學的那種質樸粗糙的美。

入內以後，見牆上懸有許多木質白框的蔬果圖片，陳列其中的桌案亦是木質，且有綠色盆栽與花卉綴飾，可謂十分天然原始的簡約樣貌。

歆仁先到，來到櫃臺正準備尋座位。

服務生頷首以後問道：「小姐，請問幾位呢？」

「兩位。」

「我們的用餐時間是一個半小時喔。」

「有時間限制啊？」

「對，因為客人比較多。」

「好，那我先到外面，等我另外一位同事。」

「好的，不好意思喔。」

於是歆仁推門而出，來到咖啡館外找了一張椅子坐下來等待。

那一夜的餐前等待，她等了好久好久，還是不見他現身。時間一分一秒地流逝，她不知該如何是好，以line打了電話給他，然而電話響了許久他仍是未接，於是她沮喪地按掉通話鍵放下手機。她不知自己究竟是該離開抑或者是繼續地等待。此時此刻未有進食，天氣又有些冷，她淪於飢寒交迫的窘境，只昏闇與寒風無情地圍裹著她。

而後，她的手機輕輕地響起，是line的訊息提示。她打開一看，是他的來訊，其上寫道：「sorry，我不小心睡著了，昨晚失眠所以今天才會不小心睡著。我遲到了，抱歉請等我。」

她按掉訊息，收起手機，有些茫然。心裡想道：「我喜歡明德，與他很契合很有話聊，相處也很和諧。但，他是『對的人』嗎？我不知道。如果選擇留下來等他，或選擇離開，會有什麼不同的結局呢？我只知道，很多的事情如果遲到，就會失去最好的機會。」

她想了一下，起身，揹著包包緩緩地離去。

寫在《人生若只如初見》最後
——但願，人生若只如初見。若能，該有多好？

人與人邂逅相識，初期往往美好。然而隨著相識日久、相知日深，隨著世事的無窮變化，人們彼此間的關係亦會隨之改變。如若「情感」與「信任」基礎夠深，相信定能通過歲月考驗，彼此關係提升，情感彌足堅厚。倘使禁不住考驗，那就是兩人裂痕的開始，直到最後分道揚鑣。故事裡的每一對情侶（夫妻），初始邂逅時皆為美好，然而由於情感或者信任基礎不夠，易於產生誤解誤會，很容易因現實環境的影響而導致關係緊張，甚至到後來漸行漸遠。這便是這個故事所要表述的最主要想法。會有想法寫作這個故事，是因人際關係上，不論愛情或友情，總有進駐我生命又因彼此誤解誤會而驟然離去的狀態。我是個重情義、心軟、包容性強又念舊之人，每回有這樣的情形發生時，閱讀從前彼此文字對話的訊息紀錄，或者查看合影，總覺一陣陣揪心刺痛，感歎著自己能掌握自己的心，卻無法控制他人的想法，因此總有「人生若只如初見」的慨歎。

另外，關於女主人公「易歆仁」與她的其他好友們是完全不同的，歆仁很清楚自己情感上的方向與要求，她是「一心人」，只追求完全契合的情感而不願意隨便，不想為婚而婚。至於她的其他朋友，雖是紛紛戀愛結了婚，但他們都被鎖在婚姻的圍城裡，有了孩子以後則更加無法走出這座圍城，只能彼此湊合，磨光了情感還是得兩個人綁在一起直到終老。這樣婚姻的樣貌，雖然「有伴可以終老」，但永遠是兩人相互損耗、折磨，沒有自己，無法真正開心快樂起來。我是以二元對立的方式（歆仁情感的堅持／朋友們的為婚而婚）在探討愛情與婚姻。很多事情有中間層次、灰色地帶，但是愛情與婚姻沒有，適合就是適合，不適合就是不適合；要就要，不要的話則絕對不能夠勉強，畢竟強摘的果實不甜哪。

如果，你覺得易歆仁與蕭時男的故事感動你；如果，你覺得唐姝嫚、韓士德／離映如、杜可唯／蕭旖旎、言歡、江颯英／焦承鈞的情節，像你、像妳、像他、像她，那麼是的，我要告訴你的是，這些動人情節所屬的主人公們皆真真實實地活在這世界上，他們還在走著屬於自己的道路，還在努力自己的人生，因此就讓他們藏匿在世上的某一隅吧。當然，你之所以覺得故事情節像你、像妳、像他，或者是像她，是因情節的美好、醜陋以及大眾化——屬乎人性、屬乎世情、屬乎社會、屬乎世界，所以被誤讀成為自己情節的機率很高，被詮釋性當然也很高。但不論如何，如若這些情節真真正正地感動著你，那麼，這些情節的存在，便有了特殊意義。對我而言，我很在乎每一事件、每一物事的「意義」，只要有其意義存在，哪怕是醜的、痛的，那也值得了。無意義之於我而言，似乎是一種酷刑。

要說明的是，故事裡的女主人公易歆仁，她其實就是「一心人」，她在追尋她的情、她的夢。故事中的男主人公蕭時男，他其實曾經是一心人的情與夢，然命運無情撥弄下，他成了「消失男」，並且……永遠地離開了這個世界。

所有人物包括時男與歆仁，他們最後的結局，都沒能像初相識時那般美好。我曾思索著，為什麼所有有情人，不論是情人、親人、親子、友情之間，最終皆無法如初見時那般美好呢？我的答案是：每個人都有屬於自己的想法、立場，慣於活在傳統與世俗的框架裡被蠶食、洗腦而活成了病態，每個人都會隨光陰而改變初衷，甚或隨波逐流而變成了另外一個人，加之命運撥弄，初見時的美好消失了，取而代之的是劍拔弩張，同床異夢，甚至是貌合神離。久經年歲深諳世事的人還能夠純真嗎？不了，老練、圓融、世故，實實在在地社會化。還奢望著能夠純真嗎，如若這麼奢望，那便真真是太天真了。而天真的人，往往受傷最重，因為，這樣的人不懂得保護自己，卻只會一味奉獻、退讓、包容、成全甚或是付出所有。

近期我最常想到的一句話是——「平生一顧，至此終年，天涯海角，唯願君安」。如若「易歆仁」是一個真實世界裡的女生，那麼，相信她應該會很期待著這樣的境界，對著一個人，訴說如是情深話語。因此可以說，奇蹟，總是在相信的人身上顯現。那麼你呢，你願意選擇相信奇蹟嗎？你願意選擇為奇蹟而活，一直活到白頭的時候嗎？不過，不論人生如何抉擇，decision A or decision B，總是有所缺憾，而這個缺憾可能就是上天所賜予你的禮物。正如同我故事裡所提到的一句話：There is a crack in everything. That's how the light gets in.

祝願所有讀友們，幸福美滿。我是擺渡人，正在渡你過河前往不遠的河彼岸，我總以為，這是我來這世間的任務。因為我很用心，所以請千萬一定要——記得我曾渡你過河喔。紅塵滾滾，眾生聚離交錯，這所有的姻緣遇合、悲歡離合，都是上天注定，全由不得自己，於是每個人只能順著命運的推進不斷地往前走，然後在這過程當中努力地扮演好自己的角色。ＯＫ，這故事就說到這裡，期待我們下一回故事裡彼此相見囉。See you next time and best wishes for you.

——全　文　完——

附錄：「情節設置」與「人物形塑」

敘事，亦即寫故事，最重要的兩個點，一是「人物」；二是「情節」，是以人物與情節是寫作故事者最需要鑽營與探究的兩個部分。探討劇本（小說）人物形象，尤其是經典作品，主要目的有三：第一，經典之作的人物形象如何塑造。第二，經典之作人物之心理轉折為何。第三，情節與人物之間的關聯。

（一）經典之作的人物形象如何塑造

一個人物被形塑得好，與其內在思維以及外在行動有著很密切的關係。人物形塑能夠創新，則能令讀者或觀眾眼睛為之一亮。舉《後宮甄嬛傳》人物而言，劇本中的敬妃馮若昭深居後宮，卻得不到帝寵，於是選擇遠離宮鬥並且明哲以保身。她長日漫度孤寂的方式是數著宮內一塊塊的地磚，她可以很清楚地記得宮裡頭究竟有幾塊地磚，而非如一般故事形塑人物的方式那樣，抒發寂寞的表現是奢靡度日。另外，一個重要的故事主人公，其形象要「高」於一般人物。所謂的「高」，可以是情操、能力、智慧，或者是道德方面。又或者即使是「壞」的人物，除了有壞得澈底的一面以外，也有其可取或者是堪憐之處，此即一個人物層次的豐富性。這些部分於《後宮甄嬛傳》劇本裡皆有所展現。

（二）經典之作人物之心理轉折為何

故事人物應如現實世界人物一樣，會有所謂心理轉折。也就是當心中所信仰的一種真理、一套價值觀被某些人或事情給澈底摧毀以後，會先有受傷痛苦的感受與情緒。接著，會對於自己所信仰的真理與價值觀產生質疑；會疑惑著所信仰及尊崇的一切可能是錯的，此即所謂「自我懷疑」階段。然後，人物會開始「自我厭棄」。人物在「自我厭棄」階段可能會沉淪，一蹶不振。然而有智慧的劇中人物，能夠藉挫傷使力奮起。能夠奮起的人物，通常則會愈來愈強大，「自我肯定」以後無人能敵，再無事件可以打擊摧毀。自我厭棄之後，或許有可能會有「自我檢視」的動作，亦即尋求答案，如果所信仰的真理與價值觀是錯的，即會進行所謂「自我調整」，在此之後則能「自我成長」、「自我相信」，並接回至「自我肯定」的狀態，且亦能使自己更為強大。這些其實就是人物的多層次心理。《後宮甄嬛傳》劇本裡，皆能細膩地描寫出每一個故事人物內在的轉折與層次，而這些轉折與層次的究竟，正值得深入地去做探索。

（三）情節與人物之間的關聯

一個故事裡頭，最重要的兩個元素，一是「情節」，二為「人物」。人物的出場，事件隨之顯現，隨著事件的舖陳、過程以及衝突，人物即能於其中推動情節的進展。而情節的發生帶出人物，人物得以在情節之中展現自己的思維、性格以及其行事作風，事件會因人物不同的行事而有迴異結果。《後宮甄嬛傳》劇本裡近二十個重要主人公，每一個主人公皆被形塑出不同思維意識、不同性格以及迴異的處世原則的類型，且各個鮮明躍然足令觀者印象深刻，是以在瞭解這齣經典戲劇之人物形象以後，絕對能夠對於人物形塑有著更為精準的認識。

基於以上所述，本文於人物形塑的探討上將會針對「人物背景與性格」、「內在思維」、「外在形象」、「心理轉折」來做論述。之所以設定此四個面向來做探討，主要是因劇情轉折會引起人物的內心轉折，而人物因應人生轉折的態度與做法乃基於其背景環境與性格，而性格乃取決於個人思維，又，每個人物的人生轉折形成各個不同的人生階段，其外在形象會因不同人生階段而有所改變，是以才會設定上述幾個面向來探究人物。

若以俄國學者巴赫金「複調理論」來探討戲劇人物與情節，會有兩個主要重點：

1. 人物意識的對峙

巴赫金（Михаил Михайлович Бахтин）於其著作《陀思妥耶夫斯基詩學問題》裡有提到，「每本小說裡寫的都是眾多意識的對峙，而對峙又沒有通過辨證的發展得到消除。這些意識並不融合為某種正在形成的統一精神，正像正在形式上屬於複調型的但丁的小說世界裡鬼魂同心靈並不融合一樣。」[3]「陀思妥耶夫斯基的至關重要的對話性，絕不只是指他的主人公說出的那些表面的、在結

[3] 巴赫金（Михаил Михайлович Бахтин）著，白春仁、顧亞鈴譯，《陀思妥耶夫斯基詩學問題》（北京：生活・讀

構上反映出來的對話。複調小說整個滲透著對話性……如同對位旋律一樣相互對立著。」[4]巴赫金（Михаил Михайлович Бахтин）認為陀思妥耶夫斯（Фёдор Михайлович Достоевский）：

> 他深刻地理解人類思想的對話本質，思想觀念的對話本質……思想不是生活在孤立的個人意識之中……思想只有同他人別的思想發生重要的對話關係之後，才能開始自己的生活，亦即才能形成、發展、尋找和更新自己的語言表現形式，衍生新的思想。人的想法要成為真正的思想，即成為思想觀點，必須是在同他人另一個思想的積極交往之中……它的生存領域不是個人的意識，而是不同意識之間的對話交際[5]。

2.意識的平等與思想對話未完成

複調理論所強調的其中一個重點，在於人物意識的對等，以及思想對話的未完成；意即意識無法取得共識。「在他的作品裡，不是眾多性格和命運構成一個統一的客觀世界，在作者統一的意識支配下層層展開，這裡恰是眾多的地位平等的意識連同它們各自的世界，結合在某個統一的事件之中，而互相間不發生融合……主要人物在藝術家的創作構思之中，便的確不僅僅是作者議論所表現

書・新知三聯書店，1988），頁56。

4 同上註，頁76。

5 同上註，頁132。

的客體，而且也是直抒己見的主體。」[6]情節中所有主人公的意識都是各自獨立、平等的，且多數思想對話是未完成的。「他們都深切感到自己內在的未完成性，感到自己有能力從內部發生變化，從而把對他們所做的表面化的蓋棺論定的一切評語，全都化為了謬誤。只要人活著，他生活的意義就在於他還沒有完成，還沒有說出自己最終的見解。」[7]對人物而言，自己的思想才是有價值的，自己的立場才是值得重視的。每一位主人公皆試圖說服或者是戰勝他人的意識與立場。「陀思妥耶夫斯基所有的主要人物，都是冥思苦想的人，每個人都有種『偉大的卻沒有解決的思想』，他們全都首先『要弄明白思想』。他們真正的整個生活和自己的未完成性，恰恰就在於需要弄明白思想。」[8]

為了更清楚關於「複調理論」主人公的對話性質與思想對話的未完成，在此先引述《三國演義》小說片段為例，另引述周建渝教授相關論文以做為說明。

> 正話間，忽報袁紹遣使陳震至。策喚入問之。震具言袁紹欲結東吳為外應，共攻曹操。策大喜，即日會諸將於城樓上，設宴款待陳震。飲酒之間，忽見諸將互相耳語，紛紛下樓。策怪問何故，左右曰：「有于神仙者，今從樓下過，諸將欲往拜之耳。」策起身憑欄觀之，見一道人身披鶴氅，手攜藜杖，立于當道，百姓俱焚香伏道而拜。策怒曰：「是何妖人？快與我擒來！」左右告曰：「此人姓于，名吉。寓居東方，往來吳會，普施符水，救人萬病，無有

6 同上註，頁29。
7 同上註，頁97。
8 同上註，頁131。

不驗。當世呼為神仙，未可輕瀆。」策愈怒，喝令：「速速擒來！違者斬！」左右不得已，只得下樓，擁于吉至樓上[9]。

以下則為以「複調理論」解析《三國演義》該段孫策與于吉之間意識對峙的說明論述：

> 從以上衝突中看到兩種不同的，甚至對立的意識之間的對峙，對話與衝突。如前所述，孫策「勢取中原，以彰英雄」。在小說裡，他被作為一個積極入世的、富有功名進取心的儒家式「英雄」來描述。他之所以不容于吉，是因為在他看來，于吉所為，是「以妖術惑眾人之心，遂使諸將不復相顧君臣之禮」。……在此我們看到，孫策與于吉分別代表著兩種不同的意符，前者孫策為儒家與法家兼雜的意符，並以建功立業為特徵。孫策強調「讀書」為了「達禮」，這種「禮」乃是「君臣之禮」[10]。

孫策與于吉的思想意識，各自代表獨立、不相融合、互為迥異的價值觀，他們的言行不僅交鋒，針鋒相對且互不相讓，亦即巴赫金所謂「思想本質即是對話性」。

---

9 羅貫中，《三國演義（第二十九回：小霸王怒斬于吉）》（臺南：世一，2014），頁226。

10 轉引自周建渝〈《三國志通俗演義》中的對話特質及其意義〉，《中國文哲研究集刊》，第33期（2008年9月），頁5-6。

> 巴赫金所言思想的對話本質還有一特徵，即思想對話的「未完成性」，其意為兩種意識在對話中，並未有一方與另一方的融合，或是按照作者的安排，一種意識戰勝或消解了另一種意識。巴赫金認為，用話語來表現思想的對話本質，「唯一貼切的形式就是未完成的對話」，即對話雙方或諸方在思想上的對峙與爭論，最終並未如黑格爾（Georg Wilhelm Friedrich Hegel, 1770-1831）所言那樣，通過「正、反、合」的辯證過程得到消解，或是一方被另一方消解，而是始終保持各自獨立，互不融合[11]

因此，兩名思想意識對峙的人物，即使肉體死去，各自所代表的意識仍是獨立，衝突雙方並沒有誰戰勝，或者是誰被折服。作者讓人物拉著自己的手進行故事創作，並未依個人好惡而偏袒任何一方，因此沒有任何結果，人物的思想對話不具完成性。

以「複調理論」人物意識的對峙與思想對話的未完成，來解析所舉的戲劇例子《甄嬛傳》劇本人物與劇情，主要能藉此得知人物彼此間的衝突狀態；衝突能形成張力，具有戲劇性，因此使得情節更為精彩，更有利於情節的推展、前進。

一個全新的故事又或者是改編自原創小說的電視劇，通常是由統籌編劇[12]向製作人[13]提出企劃

11 同上註，頁6-7。

12 潘蜜拉・道格拉斯（Pamela Douglas）著、呂繼先譯，《超棒電視影集這樣寫》（臺北：鏡文學，2017），頁324。編劇統籌（Supervising Producer）……有些編劇統籌會實際上統籌整個編劇團隊，甚至幾乎是統籌整齣影集。

13 同上註，頁322-323。製作人（Producer）或共同製作人（Co. Producer）……有些人比較像是院線電影的執行製片

案，統籌編劇手底下的協力編劇則是輔助角色，通常亦負責撰寫對白劇本，這部分尚包含場景畫面描述、人物的肢體動作、情緒、走位等等。在企劃案階段會先繪製人物關係圖，若是改編則會進一步一併整理原創小說中的大事件，接之再將「人物設置」與「故事大綱」完整地敘述。若企劃案階段能夠過案，緊接著便是進行分集大綱（電影則無）的撰寫工作，在此階段很有可能會經歷數次修改，待分集大綱的情節通過審核以後，再進行每一集分場大綱的撰寫；亦即「寫作過程的第一步便是要列出劇本裡頭的場次……就是找出影集劇本裡頭，事件的先後順序。」[14]最後才是進入劇本寫作的重要創作階段。主要是因電視劇的篇幅冗長，不若電影僅一個半至兩個小時結束，因此劇情方面必須含有出彩的人物與大量鮮明事件的串連，節奏方面需緊湊而明快，如此才能吸引觀眾青睞進而締造收視佳績，而這些部分於分集大綱階段是必須被展現出來的，接下來才是劇本分場的場次撰寫。「戲劇場次是畫面敘事上最根本的基石，本身也需要有完整的戲劇結構，這意味著在每一個場次裡，一名受驅使的主角會想要某個東西，為此在與另一方「通常是某個同樣受驅使的敵手（Antagonist）的衝突中推動故事往下發展。」[15]尤其人物的設置與形塑，特別是男女主角，則必須要讓觀眾能夠喜愛；即便有壞的一面，亦有令觀眾理解乃至於形成同情的理由，且必須合情合理。如果劇情不佳、男女主角形塑得不成功，那麼往後幾十集的電視劇則有可能收視下滑，淪為觀眾棄

（Line Producer），專門處理器材、拍攝期程、預算、工作人員等……一般來說，製作人的主要工作是建構整季影集，並和節目統籌一起確保個別集數的品質。

14 同上註，頁247。

15 同上註，頁157。

之不愛轉臺的命運了。對於電視臺與資方而言，一齣戲動輒幾千萬甚至上億元的成本，是有相當風險存在的，是以對於題材選擇、情節設計，尤其男女主角的形塑是必須相當謹慎的。男女主角確定以後，男女配角、其他次要或者再次要人物的形塑，則必須依男女主角的情節發展去做設計，要具有功能性角色（以《甄嬛傳》為例，好比太醫溫實初於女主角甄嬛而言，即是一種功能性可協助她的角色），亦要有威脅性或者是破壞性角色（以《甄嬛傳》為例，像是初期的余答應余鶯兒、中後期的祺嬪）。

以下仍以《甄嬛傳》各個人物形象為例來進行比較。

	個性	內在思維	外在形象	才藝	能力	人生轉折
甄嬛	前期：溫柔心善，飽讀詩書；後期：性情轉為處事鐵腕，決斷狠辣	前期：真、善、智；後期：決斷、毒辣、以眼還眼	前期：低調脫俗的淺粉色系衣著，鮮少頭飾；後期：上揚的眼妝、豔紅唇脂、華麗服飾	彈琴、吹簫、驚鴻舞、刺繡、縫紉	詩書、論政、統攝六宮之能	入宮成為雍正帝嬪妃，後因純元故衣事件與皇帝情感生變。生下朧月以後即出宮入甘露寺帶髮修行，卻心動愛上允禮。經過宮鬥，成為皇太后，卻高處不勝寒

	個性	內在思維	外在形象	才藝	能力	人生轉折
沈眉庄	前期：氣質溫柔，成熟穩重，明白事理 後期：假孕爭寵事件，對君恩失望，變得低調，不再奢求情愛	真、率直、善、信	初期：妝髮簡單脫俗，多粉色系衣裝； 後期：改事奉太后，故衣裝多為成熟穩重的藕紫色系	彈琴、對奕、略通刺繡、縫紉，擅製「藕粉桂花糖糕」	詩書、協理統攝六宮之能	入宮成為雍正帝嬪妃，後因假孕爭寵事件與皇帝情感生變。之後因太醫溫實初時常請平安脈，沈眉庄與之發生情感，後哄溫實初飲下太后所賜之暖情酒，兩人進而有了一夜情。珠胎暗結沈眉庄為其誕下一女，取名為「靜和」以後血崩驟逝
馮若昭	內斂沉穩，頗具智慧，韜光養晦，明哲以保身	低調、安份、恭定、和善	衣裝以淺、粉色系為主，打扮妝點並不張揚	對奕	協理統攝六宮之能	無法生育，後因甄嬛所託成為朧月公主的養母。甄嬛返宮廷以後，與若昭為爭朧月撫育權而形成對峙
齊月賓	內斂沉穩，城府深沉，頗具智慧，看透世事，避世以居	事不關己、冷眼旁觀、世事打擊成恨	服飾色彩多為黯色或淡色系，後期佩戴鈿子	琵琶	詩書	因替皇帝與太后背黑鍋，被年世蘭誤以為是殘害腹中之子的兇手。被年世蘭強灌紅花導致終生不孕。曹琴默死後，其女溫宜公主為齊月賓所養

	個性	內在思維	外在形象	才藝	能力	人生轉折
崔槿汐	行事麻利，處事圓融，內斂沉穩，頗具機智	智、忠、善中帶狠	衣著變化甚少，大多為淺色簡單的樣式	縫紉	管理宮殿人事	與甄嬛主僕相連，經歷一連串宮鬥，最後與蘇培盛結為對食夫妻
流朱	性情耿直，有話直說，伶牙俐齒，忠心耿耿	無私、忠心、正義	服飾多為淺粉色系，款式十分簡單			自小與小姐甄嬛生活於甄府，後隨甄嬛入宮，於她被軟禁碎玉軒時為主犧牲性命
剪秋	唯命是從，辦事妥貼，忠心耿耿，心腸歹毒	愚忠、為達目的不擇手段	藕紫色系衣著、簡單髮髻與簪子點綴			效忠於皇后，後因皇后宮鬥處於頹勢，欲為皇后反擊甄嬛，卻因事跡敗漏被關進慎刑司
溫實初	小心謹慎，心善執著，深情不悔，翩翩君子	善、深情、明理、君子之風	大多身著官服，偶著便服、頭戴瓜皮帽		醫術	前期愛上甄嬛，後期愛上沈眉庄；愛上的都是皇帝的嬪妃
允禮	淡泊名利，不拘小節，不喜朝政，看淡階級	不追逐功名、只追尋真愛，心靈層次大於物質	衣著多為淺或者是綠色。有時一襲長袍外罩坎肩、頭戴瓜皮帽	繪畫、音律、吹笛	詩書、騎射武功、頗通治理	為甄嬛生，為甄嬛死

讀完範例《甄嬛傳》人物形塑之後，讀者朋友應很清楚，可以上述方式來解析本作《人生若只如初見》之人物形塑。也就是以相同方式，亦即「個性」、「內在思維」、「外在形象」、「才藝」、「能力」、「人生轉折」等面向來形塑人物。如此即可令一個故事人物立體而豐富起來，宛如真實世界裡的人物一樣。

釀愛情12　PG2647

人生若只如初見

作　　者	徐磊瑄
責任編輯	喬齊安
圖文排版	陳彥妏
封面設計	劉肇昇

出版策劃	釀出版
製作發行	秀威資訊科技股份有限公司 114 台北市內湖區瑞光路76巷65號1樓 電話：+886-2-2796-3638　傳真：+886-2-2796-1377 服務信箱：service@showwe.com.tw http://www.showwe.com.tw
郵政劃撥	19563868　戶名：秀威資訊科技股份有限公司
展售門市	國家書店【松江門市】 104 台北市中山區松江路209號1樓 電話：+886-2-2518-0207　傳真：+886-2-2518-0778
網路訂購	秀威網路書店：https://store.showwe.tw 國家網路書店：https://www.govbooks.com.tw
法律顧問	毛國樑　律師
總 經 銷	聯合發行股份有限公司 231新北市新店區寶橋路235巷6弄6號4F 電話：+886-2-2917-8022　傳真：+886-2-2915-6275

出版日期	2022年1月　BOD一版
定　　價	260元

讀者回函卡

Printed in Taiwan

國家圖書館出版品預行編目

人生若只如初見/徐磊瑄著. -- 一版. -- 臺北市 :
釀出版, 2022.01
面； 公分. -- (釀愛情 ; 12)
BOD版
ISBN 978-986-445-599-7(平裝)

863.57 110021086